FROM 2003
なんでも魔女商会

リフォーム支《し》店《てん》本《ほん》日《じつ》休《きゅう》業《ぎょう》

あんびるやすこ

岩崎書店

もくじ

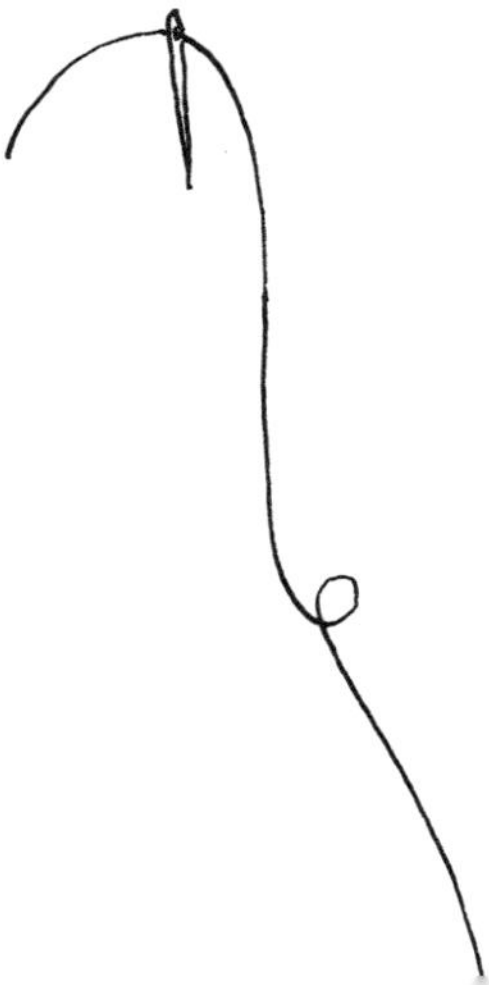

なんでも魔女商会《まじょしょうかい》のおはなし

なんでも魔女商会《まじょしょうかい》リフォーム支店《してん》は、ふるいドレスをお直《なお》しで生《う》まれかわらせてくれるお店《みせ》。ほんとうにご用《よう》のある人《ひと》だけが、ほんとうにご用《よう》があるときにだけみつけられる魔法《まほう》がかかったこの店《みせ》には、いろいろなおきゃくさまがやってきます。うでのいいおさいほう魔女《まじょ》シルクは、ナナ、コットンといっしょに、すてきなお直《なお》しでどんな注文《ちゅうもん》にもこたえていきます。

シルク

なんでも魔女商会《まじょしょうかい》リフォーム支店《してん》の店主《てんしゅ》。口《くち》はわるいけれど、うではいいおさいほう魔女《まじょ》。

ナナ

ニンゲンの女《おんな》の子《こ》。おさいほうが大好《だいす》きで、シルクを手《て》伝《つだ》っている。

めしつかい猫《ねこ》。お茶《ちゃ》をいれさせたらピカイチ。アイロンがけもじょうず。

コットン

アイドル魔女《まじょ》ペセル

魔女《まじょ》の世界《せかい》なら知《し》らない人《ひと》は
いない大人気《だいにんき》のアイドル魔女《まじょ》。
コットンも大《だい》ファン。

黒猫《くろねこ》のゆびぬき

魔法《まほう》のゆびぬき。トルソーをよびだしたり、
スケッチブックの絵《え》にダンスをさせたりすることができる。

おさいほう れんしゅうシート

おさいほうのれんしゅうをするための布《ぬの》。
みほんをみながらぬえるようになっている。

魔法《まほう》の部屋《へや》のかぎ

ドアはひとつなのに、あける
かぎによって部屋《へや》がかわる
魔法《まほう》の部屋《へや》。これは
ためしぬいしたお洋服《ようふく》を
しまっておく部屋《へや》のかぎ。

ピンク水晶《すいしょう》の ゆびぬき

もうひとつの魔法《まほう》のゆびぬき。
いっしゅんで着《き》がえさせられる。

FROM 2003
なんでも魔女商会

人間以外《にんげんいがい》なら、
だれでも知《し》っている
由緒《ゆいしょ》ただしい魔法《まほう》の店《みせ》。
「リフォーム支店《してん》」のほかに
「お仕立《した》て支店《してん》」や「星占《ほしうらな》い支店《してん》」など、
いろいろな支店《してん》があり、
せんもんの魔女《まじょ》が
はたらいている。

カリーナの はたおり魔女《まじょ》

おり物《もの》でゆうめいなカリーナ地方《ちほう》にすむ魔女《まじょ》。

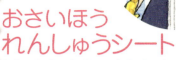

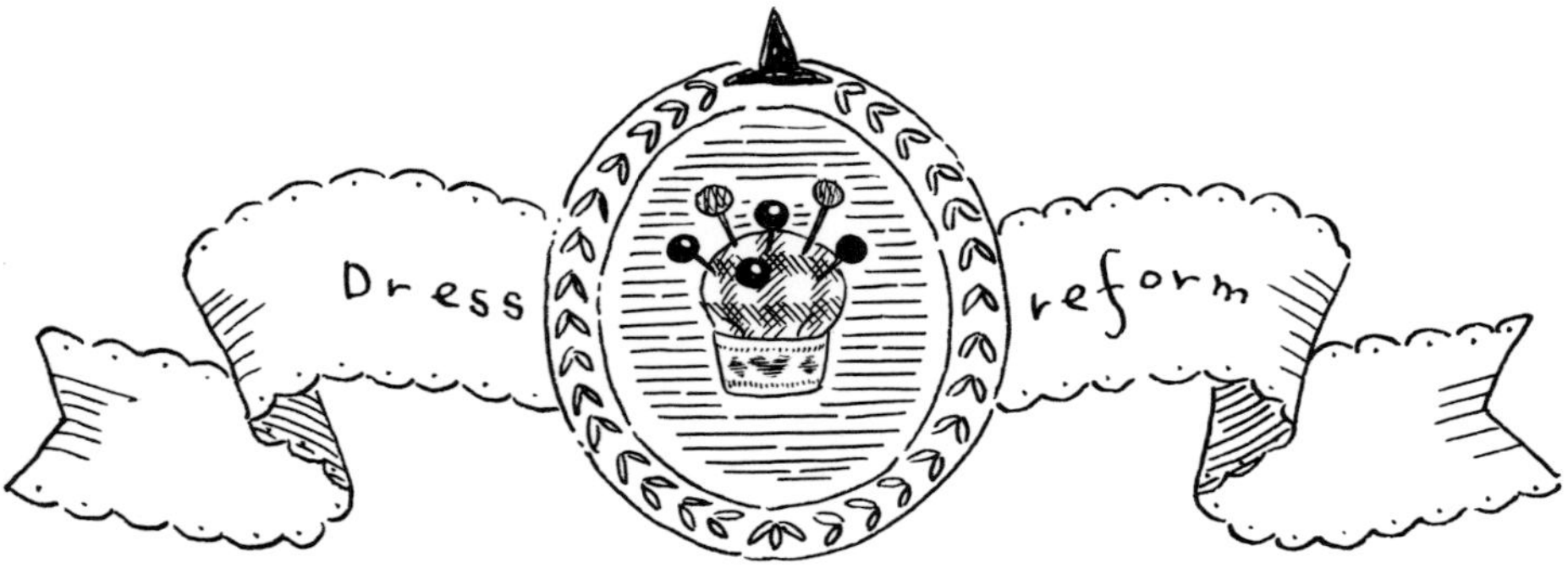

1

並《なみ》ぬいのれんしゅう

その日《ひ》のリフォーム支店《してん》は、いつもとすこしちがっていました。

もうお茶《ちゃ》をいれる時間《じかん》だというのに、ティーカップを用意《ようい》するカチャカチャという心地《ここち》よい音《おと》がきこえてきません。それに、こうばしいクッキーの香《かお》りもただよっていませんでした。

コットンはというと、大《おお》きな旅行《りょこう》かばんにシルクの服《ふく》やらブラシやらをつめこむのに大《おお》いそがしです。

「荷《に》づくりは、もうすぐおわりでございますよ、シルクさま。まにあって、よろしゅうございました」

ずっと前《まえ》から決《き》まっていた泊《と》まりがけのおでかけのことを、シルクはけさまでわすれていたのです。きゅうにでかけるといわれたコットンは大《おお》あわてで荷《に》づくりをはじめたというわけでした。

「出発《しゅっぱつ》までに、ナナさまがおいでになると、よろしいですね。なにもいわずに五日間《いつかかん》もるすにしては、さびしがられることでしょう」

そうきいても、シルクはそうかしら？　という調子《ちょうし》で肩《かた》をすくめただけでした。そして、テーブルにひろげたハンカチくらいの大《おお》きさの布《ぬの》にじっとみいっています。

「ナナには、まだまだれんしゅうがひつようね」

その布《ぬの》には、シルクが「みほん」としてぬった一本《いっぽん》の「並《なみ》ぬい」と、そのとなりにナナがぬった、なん本《ぼん》ものぬい目《め》がならんでいました。

それは一週間前《いっしゅうかんまえ》のこと。

ナナは「もっとおさいほうが、じょうずになりたいの」といいだしたのです。そこでシルクは、この布《ぬの》を用意《ようい》してナナにわたしました。

「これは、なに？」

と、たずねたナナに、コットンはきちんと、せつめいをしました。

「おさいほうの『れんしゅうシート』でございます。きれいな字《じ》をかくための『れんしゅうちょう』のおさいほう版《ばん》でございますね。このシートにぬってある『みほん』をみながら、おなじようにぬえば、いつのまにか、おさいほうがじょうずになっているというわけでございます」

そして、コットンは、こうつづけました。

「おさいほう魔女《まじょ》をめざす魔女《まじょ》なら、だれでもこのシートで、れんしゅうをなさいます」

そうきいて、ナナは目《め》をかがやかせました。

「わたしもいっしょうけんめい、れんしゅうするわ」

ナナが一週間前《いっしゅうかんまえ》にそういったことを、
シルクとコットンは、はっきりおもいだしました。

「あれから一週間《いっしゅうかん》。ナナは熱心《ねっしん》にれんしゅうしているとおもったのに、きのうは、このれんしゅうシートをわすれていってしまったのよ」

「そうでございますね。たしかにはじめたときほど、熱心《ねっしん》ではございませんが……」

シルクはしぶい顔《かお》でうなずきました。

「それに、この布《ぬの》にわたしがぬったみほんは『並《なみ》ぬい』。いちばんかんたんなぬい方《かた》なのよ。もうすこし、じょうずにできてもいいはずなのに」

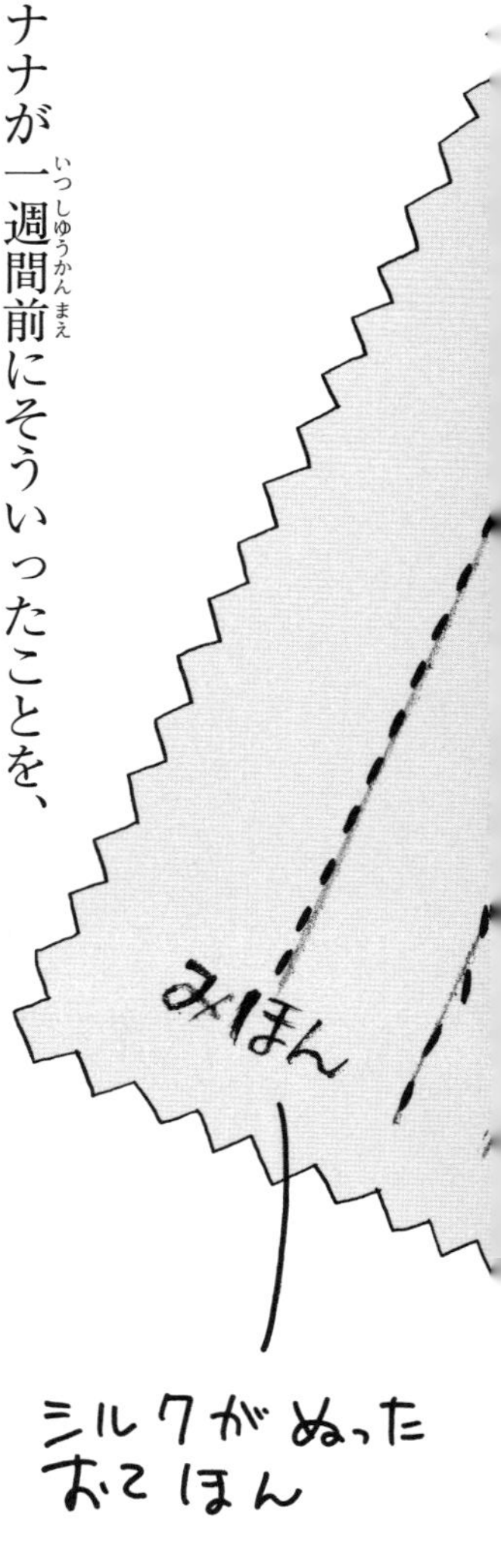

並《なみ》ぬいは、ただまっすぐに、おなじテンポでぬっていくぬい方《かた》です。

「並《なみ》ぬいは地味《じみ》なぬい方《かた》ですから。ナナさまは、ちょっとつまらなくなってしまわれたのかもしれません。きっと、なにかもっとおさいほう魔女《まじょ》っぽいスゴイれんしゅうをなさりたかったのでしょう」

「あら、コットン。スゴイおさいほう魔女《まじょ》になるには、並《なみ》ぬいがじょうずでなくちゃならなくてよ。おさいほうの中《なか》では、いちばんよくつかわ

れるぬい方《かた》ですもの。それに、ていねいにぬえなければ、きちんと仕上《しあ》げることのできないぬい方《かた》でもあるわ」

そのことばどおり、シルクのぬい目《め》はこまかくて、規則正《きそくただ》しくならんでいます。それに定規《じょうぎ》でひいたようにまっすぐでした。

ところがナナのぬい目《め》は、よろよろまがっていたり、ひとはりずつのはばがマチマチだったりして、たよりない仕上《しあ》がりです。もちろんなん本《ぼん》もぬってありましたが、一本《いっぽん》もよい点《てん》をつけられるものは、ありませんでした。

そんなれんしゅう用《よう》の布《ぬの》をみて、ため息《いき》をつくシルクのよこで、コットンは旅行《りょこう》かばんの口《くち》をカチリとしめました。

「さあ、これでいつでも出発《しゅっぱつ》できますよ、シルクさま」

2

本日休業《ほんじつきゅうぎょう》

シルクのおでかけの用意《ようい》をすませたコットンは、戸棚《とだな》の奥《おく》から、一枚《まい》の札《ふだ》をとりだしました。ひっかけられるようにひもがついたその札《ふだ》には、「本日休業《ほんじつきゅうぎょう》」とかいてあります。

「これをかけるのをわすれるところでございました。シルクさまのるす中《ちゅう》に、おきゃくさまがきたら、たいへんでございます」

「だいじょうぶよ、コットン。この店《みせ》には、『ご用《よう》のある人《ひと》がご用《よう》のあるときにだけ、たどりつける魔法《まほう》』がかかっているのよ。わたしがいないってことは、そのご用《よう》をすませることが、できないってことでしょ？だから、だれもくるはずないわ」

「とはいえ、念《ねん》のためでございます」

コットンはドアをあけて、札《ふだ》をかけながら、そういいました。

札《ふだ》がまっすぐになってるかどうか、一歩《いっぽ》さがってみていると、うしろから、目《め》を丸《まる》くしたナナが、のぞきこんできました。

「まあ、リフォーム支店《してん》がお休《やす》みするなんて、めずらしいわね」

「いらっしゃいませ、ナナさま。じつは、あしたはシルクさまの大《おお》おば

さまのたんじょう日《び》でございまして、しんせきが全員《ぜんいん》よばれたのでございます。なんと、おたんじょうパーティーは五日間《いつかかん》つづくそうでして。つまり、おもどりは五日《いつか》後《ご》でございます」

「五日間《いつかかん》も？　そのあいだ、ここにこられないなんて、つまらないわ……」

すると、店《みせ》の中《なか》からシルクの声《こえ》が、きこえてきました。

「そんなことはなくてよ、ナナ。わたしはひとりでいくから、コットンはここに

残《のこ》るの。ナナもいつもどおり、きたらいいわ」
そういわれても、つまらなそうにしているナナに、
シルクはナナがわすれていった、おさいほう
れんしゅうシートをヒラヒラとみせました。
「おさいほうのれんしゅうをするのには、
ちょうどいいんじゃなくて？
ナナは手《て》ぬいよりミシンを
つかった方《ほう》がよさそうだから、
わたしがいないあいだ、
ミシンのれんしゅうを
してみたら？」

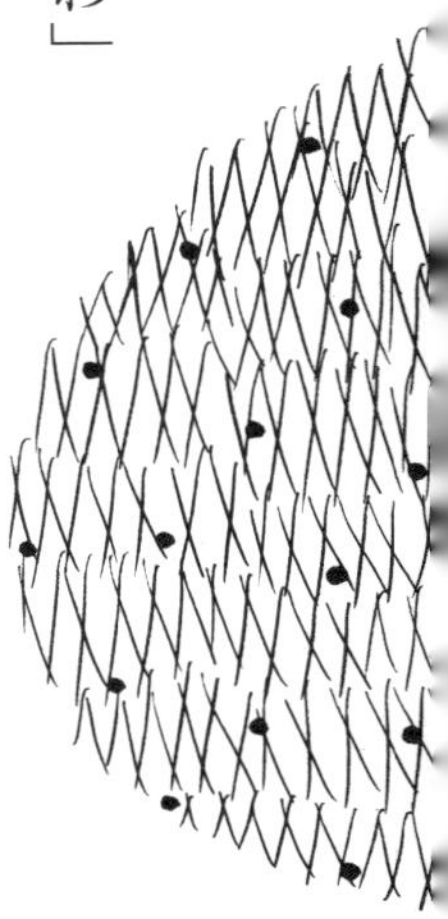

そうきいて、ナナはきゅうに目《め》をかがやかせました。

「ミシンをつかってもいいの？」

「よくってよ、ナナ。ミシンだけでなく、この店《みせ》においてあるおさいほうの道具《どうぐ》や材料《ざいりょう》も、好《す》きにつかっていいわ。なにを作《つく》ろうと、ナナの自《じ》由《ゆう》よ」

ナナは、もちろんよろこびました。この店《みせ》にはじめてきたときから、黒《くろ》くてつやつやな古《ふる》いミシンを、つかってみたくて、たまらなかったからです。それに、この店《みせ》の材料《ざいりょう》をつかえば、なんだって作《つく》れそうな気《き》がしてきます。

そのときシルクは、ナナの服装《ふくそう》がいつもとすこしちがうことに、気《き》がつきました。

そして、頭《あたま》のてっぺんからつま先《さき》まで、じっくり二回《かい》みまわします。

「きょうはずいぶん黒《くろ》いお洋服《ようふく》を着《き》ているのね、ナナ」

コットンも、もちろん気《き》がついていました。

「まるで魔女《まじょ》のようでございます、ナナさま」

そういわれると、ナナはうれしそうにわらいました。

「並《なみ》ぬいが、なかなかじょうずにならないから、ファッションからかえてみることにしたの。ほら、おさいほう魔女《まじょ》にみえるでしょ？　このお洋服《ようふく》なら並《なみ》ぬいもじょうずになるかも。でも、ミシンがつかえるなら、もう手《て》で並《なみ》ぬいをするひつようもないわね」

「まあ、あきれた。魔女《まじょ》のかっこうをしたからって、じょうずにはならなくてよ、ナナ」

するると、ナナは口《くち》をとがらせました。

「でも、一週間《いっしゅうかん》れんしゅうしたのに、ちっともうまくならないんですもの。そうだわ……！」

と、シルクをみつめると、こうつづけました。

「ねえ、シルク。おさいほうが、はやくじょうずになるコツをおしえて！」

「ますますあきれるわ。そんな方法《ほうほう》はなくってよ、ナナ」

でも、シルクはちょっとかんがえてから、こういったのです。

「そうね、じょうずになるには、まず『自信《じしん》』をもたなくちゃ」

そういわれても、ナナは首《くび》をかしげます。

「じょうずにできないことなのに、どうすれば自信《じしん》がもてるの？　シルク」

ナナはそうたずねましたが、シルクはなにもこたえないまま、もう魔《ま》法旅行《ほうりょこう》シートの魔法陣《まほうじん》の上《うえ》にのっています。

「いってらっしゃいませ、シルクさま」

「しんせきの魔女《まじょ》さんたちによろしくね、シルク」

シルクは小《ちい》さくうなずくと、呪文《じゅもん》をさけびました。

「イルマパナ！」

立《た》ちのぼる不思議《ふしぎ》なピンク色《いろ》のけむりが、たちまちシルクの姿《すがた》をつつみます。そうして、その姿《すがた》はナナとコットンの前《まえ》から、ぱっときえたのでした。

3

おさいほう魔女《まじょ》ナナ!?

「じょうずになるには『自信《じしん》』をもつ？　どうすれば自信《じしん》がもてるのかしら？」

ナナはシルクが残《のこ》していったことばを、もう一度《ど》かんがえようとしました。でも、この店中《みせじゅう》の道具《どうぐ》や材料《ざいりょう》が自由《じゆう》につかえるうれしさで、そのことはすぐに頭《あたま》のはしっこへ、ひっこんでしまいます。

「さて、わたくしもシルクさまが、おるすのあいだに、することがございます」

コットンは、たっぷりとミルクティーをそそいだマグカップをナナにわたしながら、そういいました。

「どんなこと？　コットン」

するとコットンは、みたことのあるかぎのたばをナナにみせました。

「それは、魔法《まほう》の部屋《へや》のかぎね」

魔法《まほう》の部屋《へや》は、キッチンの奥《おく》にあるドアのむこうにありました。そのドアは、あけるかぎによって、ちがう部屋《へや》につながるのです。温室《おんしつ》や氷《こおり》のようにつめたい部屋《へや》、図書館《としょかん》のような部屋《へや》もありました。つまり、かぎの数《かず》だけ部屋《へや》があるというわけなのです。

「そうじのいきとどいていない部屋《へや》もございまして、気《き》になっていたのでございますよ。シルクさまが以前《いぜん》にお作《つく》りになったものを、しまってある部屋《へや》には、もうずいぶん長《なが》いこと、はいっておりませんし。きょうはそういう部屋《へや》をかたづけるのに、よい機会《きかい》でございます」

そして、ナナを残《のこ》して、そうじにいってしまいました。ナナはひとり

きりになりましたが、すこしもさびしくありません。マグカップから、あつあつのミルクティーをひと口《くち》すると、店《みせ》をゆっくりとあるきまわりました。

「さて、なにを作《つく》ろうかしら？」

ナナはシルクの机《つくえ》の前《まえ》に立《た》つと、おいてあったメジャーを首《くび》からかけてみました。鏡《かがみ》をみると、なかなかにあっています。うれしくなったナナは、シルクがよくつかっている、はりさしも手《て》にとりました。これはブレスレットのように手首《てくび》にはめることができます。ドレスをトルソーにかけたまま、ぬうときにとてもべんりな道具《どうぐ》です。それを手首《てくび》にとおすと、ナナはもう一度《ど》自分《じぶん》の姿《すがた》を鏡《かがみ》にうつしてみました。

「わあっ、まるでほんとうのおさいほう魔女《まじょ》みたいだわ」

と、そのとき。

真《ま》っ赤《か》なドアから、小《ちい》さなノックの音《おと》がきこえてきました。

「おきゃくさまかしら？　こまったわ。コットンもいないのに」

魔法《まほう》の部屋《へや》のかぎをもっていないナナには、コットンをよびにいくこともできません。

しかたなくドアに近《ちか》づくと、すこしだけあけてみました。

するとそこには、ひとりのかわいらしい魔女《まじょ》が立《た》っていたのです。

（お洋服《ようふく》をかかえているわ。リフォームの注文《ちゅうもん》にきたのかしら）

ナナはドアをもうすこしだけあけると、こんどは顔《かお》をだして、こういいました。

「ごめんなさい。きょうはお店《みせ》がお休《やす》みなのよ。ほら、このとおり…」

そういって、「本日休業《ほんじつきゅうぎょう》」の札《ふだ》をゆびさそうとしましたが、そこには、なにもありませんでした。春《はる》をつげる強《つよ》い風《かぜ》が、ふきとばしてしまったにちがいありません。

あわてているナナを店《みせ》の中《なか》におしこむようにして、その魔女《まじょ》は店《みせ》に、はいってきました。そして、すがるようなひとみで、ナナにはなしかけたのです。

「おさいほう魔女《まじょ》さん、どうかお洋服《ようふく》をお直《なお》ししてください」

そうきいて、ナナは目《め》を丸《まる》くしました。

(わたしをおさいほう魔女《まじょ》とまちがえてるの？どうして？)

でもすぐに、

自分《じぶん》の
いまの姿《すがた》では、
まちがえられても
しかたがないと
おもいました。
そんなナナにむかって、
魔女《まじょ》はこうつづけます。
「お店《みせ》にたどりつけさえすれば、
お直《なお》ししてくださるんでしょう？」
「それは、そうなんだけど……」
とまどうナナとしばらくみつめあったあと、その魔女《まじょ》は不思議《ふしぎ》そうな

顔《かお》をして、こうたずねました。

「おさいほう魔女《まじょ》さん、わたしの事《こと》を知《し》らないの？」

「え？　……えーっと、どこかで、おあいしたかしら？」

ナナはシルクの知《し》りあいの魔女《まじょ》たちを、なん人《にん》も知《し》っています。でも、この魔女《まじょ》のことは、おもいだせませんでした。

「魔女《まじょ》さんは、どんな仕事《しごと》をしているの？　なに魔女《まじょ》さんなのかしら？」

ナナはおもいきって、そうたずねました。仕事《しごと》をきけば、名前《なまえ》をおもいだせるとおもったからです。すると魔女《まじょ》はうれしそうに、にっこりとわらいました。

「ほんとうに、わたしを知《し》らないのね？　おさいほう魔女《まじょ》さん。わたしの名前《なまえ》はペセル。いろいろなよび方《かた》でよばれるけど、いちばん気《き》にいっているよび方《かた》は『歌姫魔女《うたひめまじょ》』ね」

そういわれてみると、ペセルがもってきたドレスは、いかにも歌姫魔《うたひめま》女《じょ》らしいステージ衣装《いしょう》です。

（歌姫魔女《うたひめまじょ》のペセル……。やっぱりあったことはないみたい……）

それからナナも、自己紹介《じこしょうかい》をしました。

「わたしはナナよ、ペセル。こんなかっこうをしているから、まちがえるのもむりもないけど、じつは……」

と、ここでペセルがナナの話《はなし》をさえぎるように、ドレスをさしだしました。

「お直《なお》ししてほしいのは、このドレスよ。ナナ」

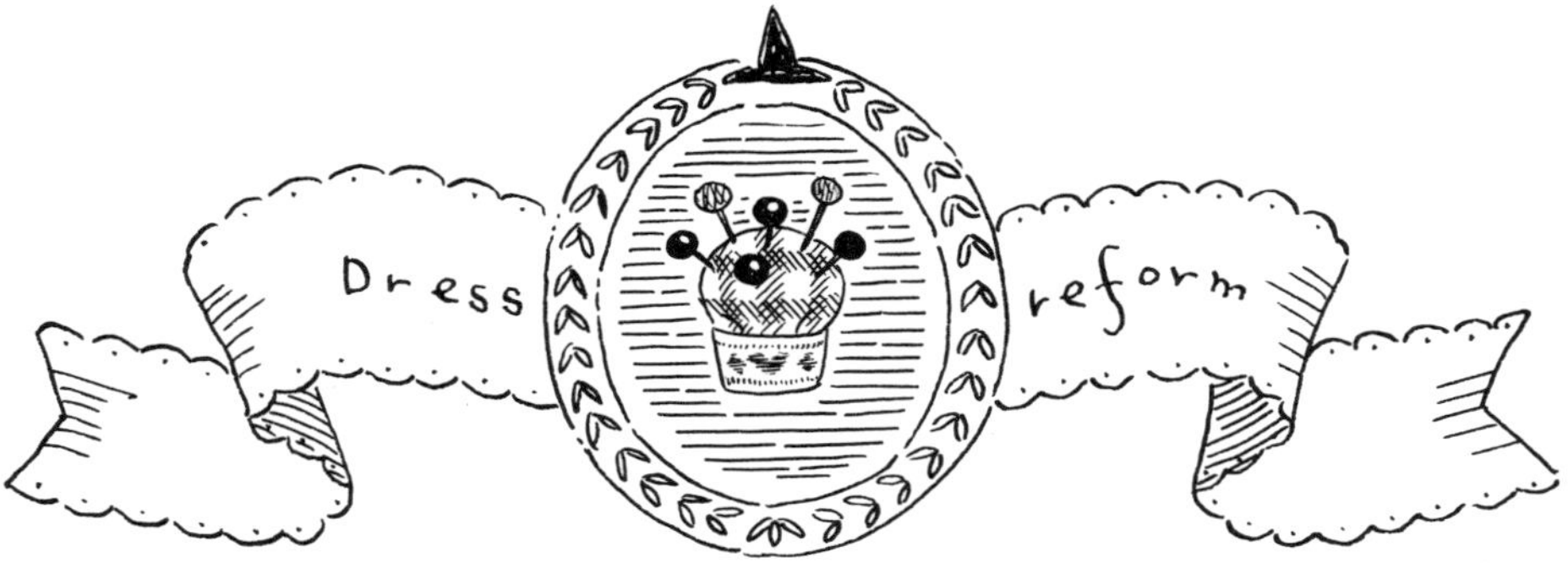

4

おかしな注文《ちゅうもん》

ペセルは、ナナがいいかけた話《はなし》もきかず、お直《なお》しにもってきたドレスをさっとひろげました。そのとたん、ナナはドレスに目《め》をうばわれてしまいます。それは、はなやかなピンク色《いろ》のドレスで、キラキラ光《ひか》るスパンコールの花《はな》が、たくさんぬいつけてありました。ドレスにはたくさんのフリルがついています。そのうえ、ウエストには、大《おお》きなハート型《がた》のバックルがかがやいていました。ふっうの魔女《まじょ》なら、ふだん着《ぎ》としてはもちろん、ちょっとしたおでかけにも着《き》られそうもありません。でも、歌姫《うたひめ》がステージで着《き》るにはぴったりのデザインでした。

「わあ、かわいいドレス！」

ドレスをついうけとってしまってから、ナナははっとなりました。

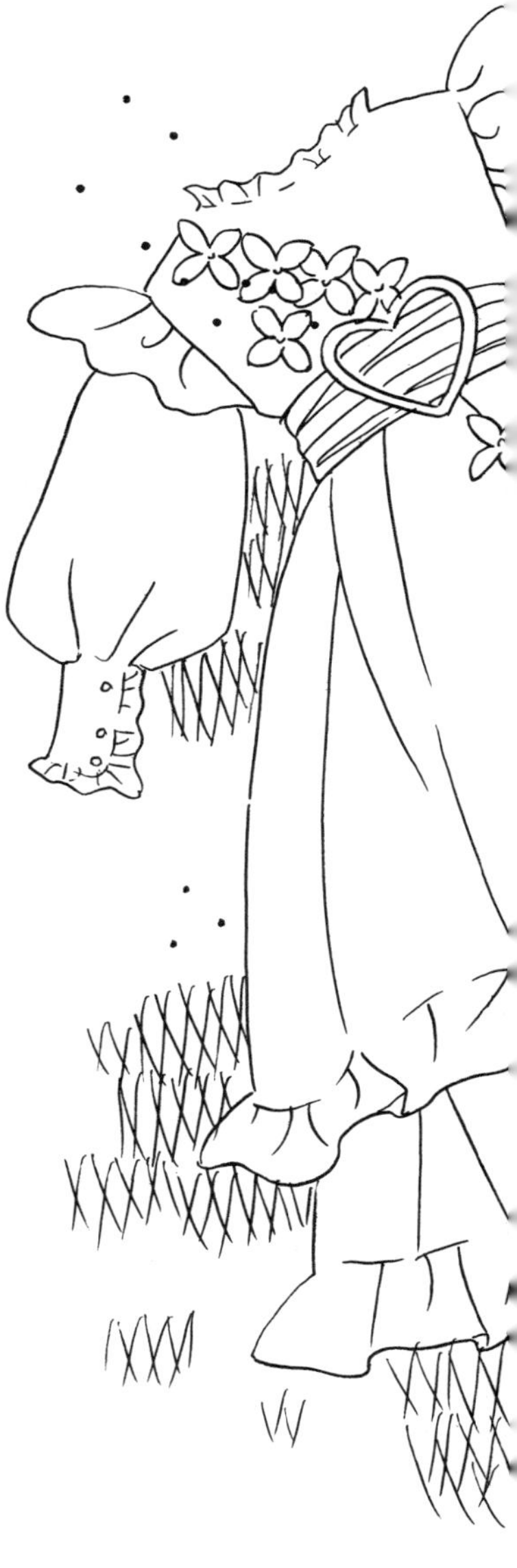

（どうしよう。わたしはおさいほう魔女《まじょ》じゃありませんって、まだいってなかったわ）

ナナは、なかなかいいだすことができません。そうしているあいだにペセルがリフォームの注文《ちゅうもん》をはなしはじめてしまったのです。そして、その注文《ちゅうもん》をきいたナナは、もうすっかり自分《じぶん》の正体《しょうたい》をはなすことをわすれてしまいました。

それは、とてもおかしな注文《ちゅうもん》だったからです。

「まず、このキラキラ光《ひか》るスパンコールのお花《はな》をぜんぶとってほしいの。それから、このフリルも、ひとつ残《のこ》らずとってちょうだい。それと……、そうそう、このウエストの大《おお》きなベルトもいらないわ」

「でも、ペセル。それじゃあ、このドレスはなんでもない、ふつうのワンピースになっちゃうわ」

ナナがおもわずそういうと、ペセルはにっこりとうなずきました。

「それでいいのよ。だってわたしは、いなかそだちの、ふつうの女《おんな》の子《こ》魔女《まじょ》でもあるんですもの」

そうきいても、ナナはとても賛成《さんせい》できませんでした。
（お直《なお》しって「すてきになる」ためにするものなのに。「すてきじゃな

くなる」ためにするなんて、そんな注文《ちゅうもん》は、はじめてだわ）

と、そのとき。キッチンのドアがあいて、コットンがため息《いき》をつきながらもどってきました。

「やれやれでございます。やっとひと部屋《へや》かたづきました。部屋《へや》が多《おお》すぎて、きょう一日《にち》では、とてもそうじしきれ………！」

コットンはペセルをみると、しゃべるのをやめて、目《め》をあけたまま、こおりついたようになってしまいました。そして、そのほおはみるみる真《ま》っ赤《か》になっていきます。

「これは……、アイドル魔女《まじょ》のペセルさまでございますか？」

コットンのようすをみて、ペセルの顔《かお》がきゅうにくもりました。

「やっぱりわたしを知《し》っているのね。おかしいとおもったわ。どこへいったって、わたしを知《し》らない魔《ま》女《じょ》なんて、いないんですもの。それがどんなきもちか、わかって？　ナナ」

目《め》を丸《まる》くするナナに、コットンが小《ちい》さな声《こえ》でささやきます。

「ペセルさまは、魔《ま》女《じょ》の世《せ》界《かい》なら知《し》らない人《ひと》はいない大《だい》人《にん》気《き》のアイドル魔《ま》女《じょ》なのでございます、ナナさま。おあいできるとは、なんと幸《こう》運《うん》でしょう……」

コットンがうっとりとペセルをみあげるようすをみて、ナナにもペセ

ルの人気《にんき》のすごさがわかりました。けれど、感激《かんげき》するコットンの目《め》の前《まえ》で、ペセルは大《おお》きなため息《いき》をついたのです。

「みんなの知《し》ってるペセルは、ほんとうのわたしじゃないの。だれもほんとうのわたしを知《し》ろうとしてくれないんですもの」

それはいったい、どういうことなのでしょう。

ナナとコットンは、顔《かお》をみあわせました。

5

アイドル魔女《まじょ》ペセルの悩《なや》み

「コットンが知《し》っているペセルも、ほんとうのペセルじゃないってこと？」

ナナがそうたずねると、ペセルはうなずきました。

「このドレスだって、自分《じぶん》でえらんだり、注文《ちゅうもん》したりしたわけじゃないのよ。ステージで着《き》るドレスは、いつもマネージャー魔女《まじょ》が用意《ようい》するの」

「マネージャー魔女《まじょ》？」

首《くび》をかしげるナナに、コットンがまたささやきます。

「アイドルにとってのマネージャー魔女《まじょ》とは、その魔女《まじょ》をデビューさせて、人気者《にんきもの》にする計画《けいかく》をたてる魔女《まじょ》のことでございます」

「じゃあ、そのマネージャー魔女《まじょ》は、ペセルがこういうドレスを着《き》れば人気者《にんきもの》になれるって、かんがえたのね」

「はい、ナナさま。じっさいに人気者《にんきもの》になられました」

コットンがまたあこがれのまなざしをペセルにむけると、ペセルもしかたなくうなずきます。

「でも、マネージャー魔女《まじょ》が用意《ようい》してくれるのは、いつもこんなドレスばかりなのよ。とてもきれいだけれど、わたしは好《す》きになれないの。それに、このピンク色《いろ》もわたしには、にあわないでしょ？」

そういうペセルが、いま着《き》ている服《ふく》は、たしかにステージ用《よう》のドレスとは大《おお》ちがいです。

「それに、わたしが歌《うた》わせてもらえるのは、かわいらしい歌《うた》ばかり。わたしはだれかをはげますような歌《うた》を歌《うた》う魔女《まじょ》になりたかったのに。……だからもう、いやになってしまったのよ」

「でも、ペセル。あなたには、たくさんのファンがいるんでしょう？　コットンのような……。そういう人《ひと》たちにとっては、ペセルが歌《うた》うのがどんな歌《うた》でも、きっとはげましになっているんじゃないかしら？」

ナナのことばにコットンがうなずくのをみると、ペセルはすこしだまりこみました。でも、小《ちい》さな声《こえ》でこうつづけたのです。

「そりゃあ、そうおもってみたこともあったわ。でも、わたしが歌《うた》いは

じめるとファンの応援《おうえん》の声《こえ》で、歌《うた》はほとんどきこえなくなってしまうんですもの。応援《おうえん》はうれしいけれど、だれもわたしの歌《うた》はきいていないのよ」

かなしそうにそういってから、ペセルはこうつづけます。

「小《ちい》さなころから、自分《じぶん》の歌《うた》でかなしい人《ひと》やおちこんでいる人《ひと》を元気《げんき》づける仕事《しごと》がしたいって、ずっと夢《ゆめ》みてきたの。いまだって、毎日《まいにち》たくさんれんしゅうして、だれにもまけない歌声《うたごえ》をみんなにきいてほしいとおもっているのに……」

それから、すっかり決心《けっしん》したようすで、きっぱり

「こんな自分《じぶん》らしくないドレスを着《き》て、自分《じぶん》らしくない姿《すがた》で歌《うた》ったって、やっぱりほんとうのはげましにはならない。わたしの夢《ゆめ》とは、かけはなれていくばかりだわ」

といいました。

そして、ドレスをもう一度《ど》ナナにさしだします。

「だから、わたしのいったとおりに直《なお》して、おさいほう魔女《まじょ》ナナ。四日後《よっかご》までに直《なお》してほしいの」

「え？　ナナさまがおさいほう魔女《まじょ》？」

コットンは目《め》を丸《まる》くしましたが、ほんとうのことは、いいませんでした。

そんなコットンに、ナナは小《ちい》さな声《こえ》でたずねました。

「かんたんそうなお直《なお》しだし。わたしでもできるかも。ひきうけてもいいかしら？　コットン」

するとコットンは、きっぱりと首《くび》をよこにふりま

す。
「おさいほう魔女《まじょ》の……ナナさま。四日後《よっかご》までにお直《なお》しすることはできません。ざんねんですが、おひきうけするわけには、まいりません」
シルクが帰《かえ》ってくるのは五日後《いつかご》。コットンがそういうのも、むりもありません。
するとペセルは、なんとかふたりを説得《せっとく》しようと、こういいだしました。

「ことわるなら、わたしの歌《うた》をきいてからにして。二曲歌《きょくうた》うわ。はじめはわたしがいま歌《うた》っているかわいい歌《うた》。つぎにわたしがほんとうに歌《うた》いたいとおもっている歌《うた》よ。それをきけば、きっとわたしのきもちがわかるはずよ」

そういって、ペセルはすぐに一曲目《いっきょくめ》を歌《うた》いはじめました。それは楽《たの》しい曲《きょく》で、かわいいことばをなん回《かい》もくりかえす、女《おんな》の子《こ》らしい歌《うた》でした。

リフォームのためにもってきたドレスにぴったり。着《き》ている様子《ようす》が目《め》にうかびます。コットンは目《め》をかがやかせて、ペセルといっしょにリズムをとり、からだをうごかしていました。いまにも応援《おうえん》の声《こえ》をあげそうなくらいです。歌《うた》がおわると、コットンはペセルにサインしてもらおうと、スケッチブックを手《て》にとります。と、ペセルはすぐに二曲目《きょくめ》を歌《うた》いはじめたのです。

それは、一曲目《いっきょくめ》とはまるでちがう歌《うた》でした。どこかかなしいひびきがあり、それでいて心《こころ》がやすらかになる不思議《ふしぎ》な曲《きょく》です。その歌詞《かし》は、かなしむ友《とも》だちを元気《げんき》づけようとすることばで、いっぱいでした。

「すてきな歌《うた》ね、コットン」

「これは、魔女《まじょ》の世界《せかい》に古《ふる》くからつたわる歌《うた》のひとつ、『友《とも》をはげます歌《うた》』でございます。ナナさま。ペセルさまは、なんとじょうずに歌《うた》われることでしょう」

歌《うた》がおわると、ナナもコットンも心《こころ》から拍手《はくしゅ》をおくりました。

どちらの曲《きょく》もすてきでしたが、二曲目《にきょくめ》のほうが、ずっと心《こころ》にのこっています。

「これで、リフォームをひきうけてくださるかしら？」
そうたずねられて、ナナはこまった顔《かお》をしてコットンをみました。コットンは小《ちい》さく首《くび》をよこにふっています。そんなふたりのようすをみたペセルは、こんどはコットンの手《て》をとって、その目《め》をのぞきこみました。

「おねがいよ。おさいほう魔女《まじょ》のめしつかい猫《ねこ》コットン。わたしは、もうアイドルをつづけたくないの。わたしは、ただのワンピース姿《すがた》のわたしをみれば、みんなガッカリして、もう歌《うた》わなくていいって、いうはずですもの」

ペセルに手《て》をにぎられて、コットンはおなかまで真《ま》っ赤《か》になってしまいました。

それに、ペセルがそんなにもおもいつめていることを知《し》って、すっかり同情《どうじょう》してし

まいます。

そしてサインしてもらおうと用意《ようい》したスケッチブックをそっと棚《たな》にもどすと、こういったのです。

「では……おひきうけしましょう、ペセルさま」

そうきいておどろくナナに、こんどはコットンが小声《こごえ》で耳打《みみう》ちしました。

「ナナさま。四日後《よっかご》までに仕上《しあ》げられれば、シルクさまには、ないしょにできます」

「まあ！　そうね。コットン。いいアイデアだわ」

ナナはすっかりうれしくなりました。おさいほう魔女《まじょ》として仕事《しごと》をひきうけられるのです。それにナナとコットンは、こうもおもいました。

（このお店《みせ》には、ほんとうにご用《よう》のあるおきゃくさまだけが、ご用《よう》のあるときにだけ、たどりつける魔法《まほう》がかかっているのだから、やってきたおきゃくさまの注文《ちゅうもん》はことわらない方《ほう》がいいにきまってる）

でも、そのことをかんがえると、シルクがいない店《みせ》にどうしておきゃくさまがやってこられたのか、ちょっと不思議《ふしぎ》な気《き》がします。

それでもナナとコットンは、リフォーム支店《してん》が休業中《きゅうぎょうちゅう》だといいだせないまま、ペセルをみおくってしまったのでした。

6

足《あし》ぶみミシン

　こうして、「おさいほう魔女《まじょ》ナナ」のリフォームがはじまりました。

　まずナナは、シルクがするようにスケッチをかいてみることにします。ところが、まったくおもしろくないスケッチになってしまいました。なにしろ、かわいらしいドレスをふつうのドレスに直《なお》すリフォームなのですから、それも仕方《しかた》がありません。がっかりするナナをコットンがなぐさめました。

「だいじょうぶでございます、ナナさま。このリフォームには、スケッチはひつようございません」

「そうね、コットン。でも、スケッチはいらなくても、トルソーはひつようでしょ？　どうしよう」

トルソーというのは、からだの胴体《どうたい》の形《かたち》そっくりに作《つく》られたおさいほうの道具《どうぐ》です。

お直《なお》しするドレスを
着《き》せつけたり、型紙《かたがみ》の調子《ちょうし》をみたりするのに
つかいます。リフォーム支店《してん》のクローゼットには、
この世界《せかい》に住《す》むすべての魔女《まじょ》や精霊《せいれい》、動物《どうぶつ》たちのトルソーが
はいっていて、ひつようなときによびだしてつかうことができました。
でも、シルクがいなくては、それもできません。

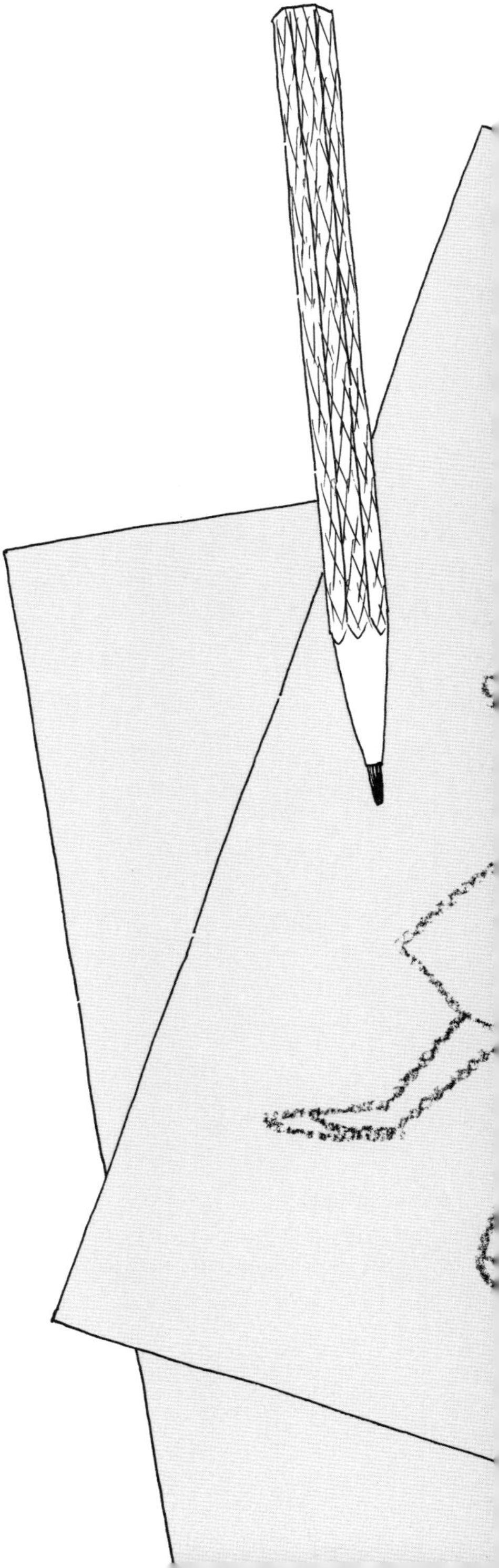

「それも、だいじょうぶでございますよ、ナナさま。ナナさまとペセルさまは、背《せ》の高《たか》さも、からだつきも、よくにていらっしゃいました。ですから、ナナさまがトルソーのかわりになれば、よろしゅうございます。それに、このリフォームには、トルソーもひつようないかと……」

そういて、ナナも元気《げんき》をとりもどしてうなずきました。

「それもそうね、コットン。どう直《なお》してほしいのか、ペセルはとてもはっきりといったんですもの。その注文《ちゅうもん》どおりにしてあげればいいのよね」

「そうですとも、ナナさま。では、まずフリルから、とることにいたしましょう」
そうしてふたりは、さっそくドレスのフリルをのぞきこみますが、そのまま顔《かお》をみあわせました。

「このフリルは、ぬい目《め》にはさみこむように、
ぬいつけられているようでございますね、
ナナさま」

「ほんとう。これじゃあ、
ドレスをバラバラに
ほどかないと、フリルを
ぜんぶとることは
できないわ」

それは、おもっていたより、ずっと
たいへんな仕事《しごと》になりそうです。けれど、
そうする以外《いがい》にペセルの注文《ちゅうもん》にこたえる

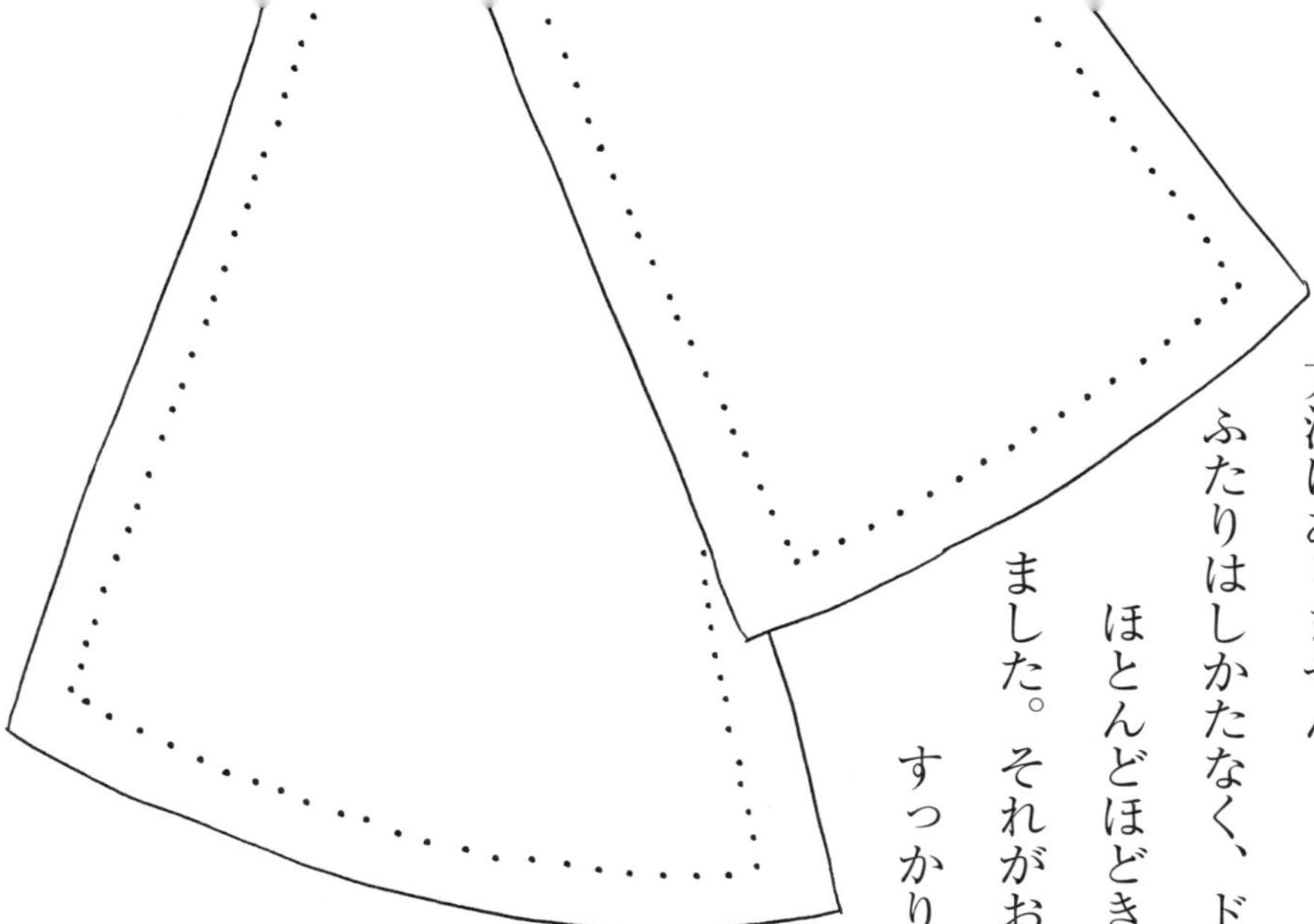

方法《ほう》《ほう》はありません。

ふたりはしかたなく、ドレスのぬい目《め》をほとんどほどき、ようやくフリルをとりさりました。それがおわると、ドレスはバラバラになってすっかり姿《すがた》をけし、ただ生地《きじ》から切《き》りだしたばかりのような布《ぬの》が、なん枚《まい》もあるだけになりました。

「やれやれでございます。これで、ドレスをはじめからぬい直《なお》さなくてはならなく

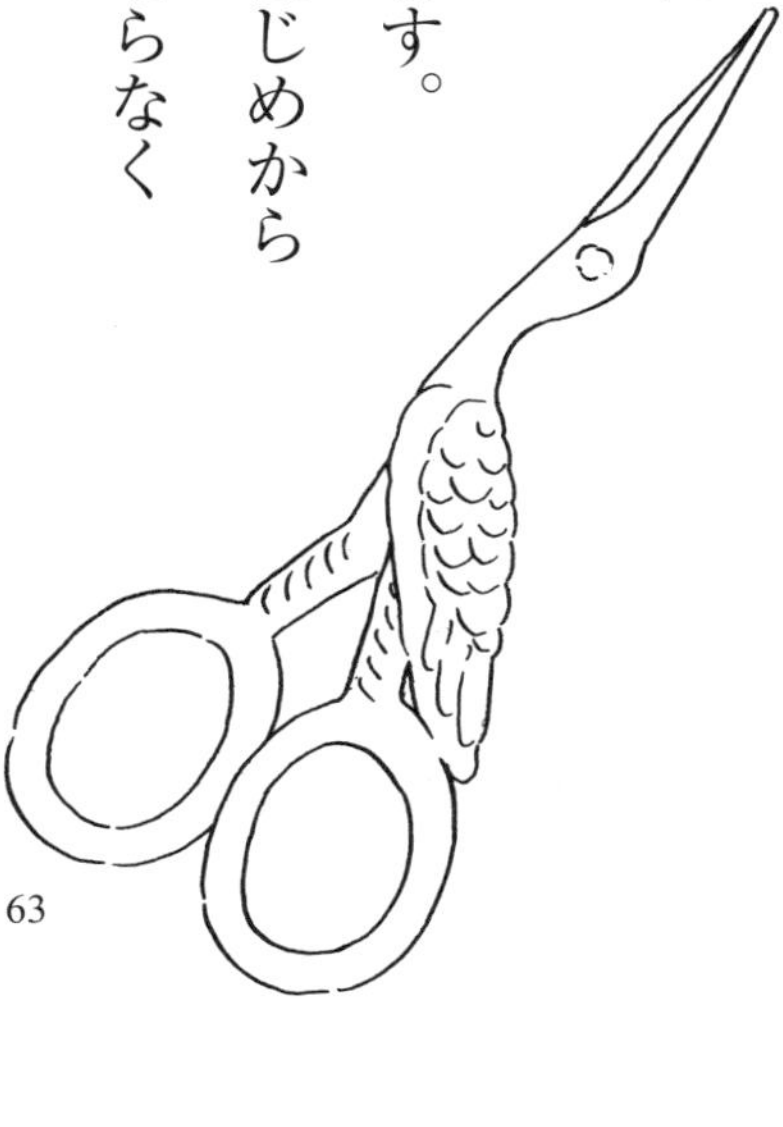

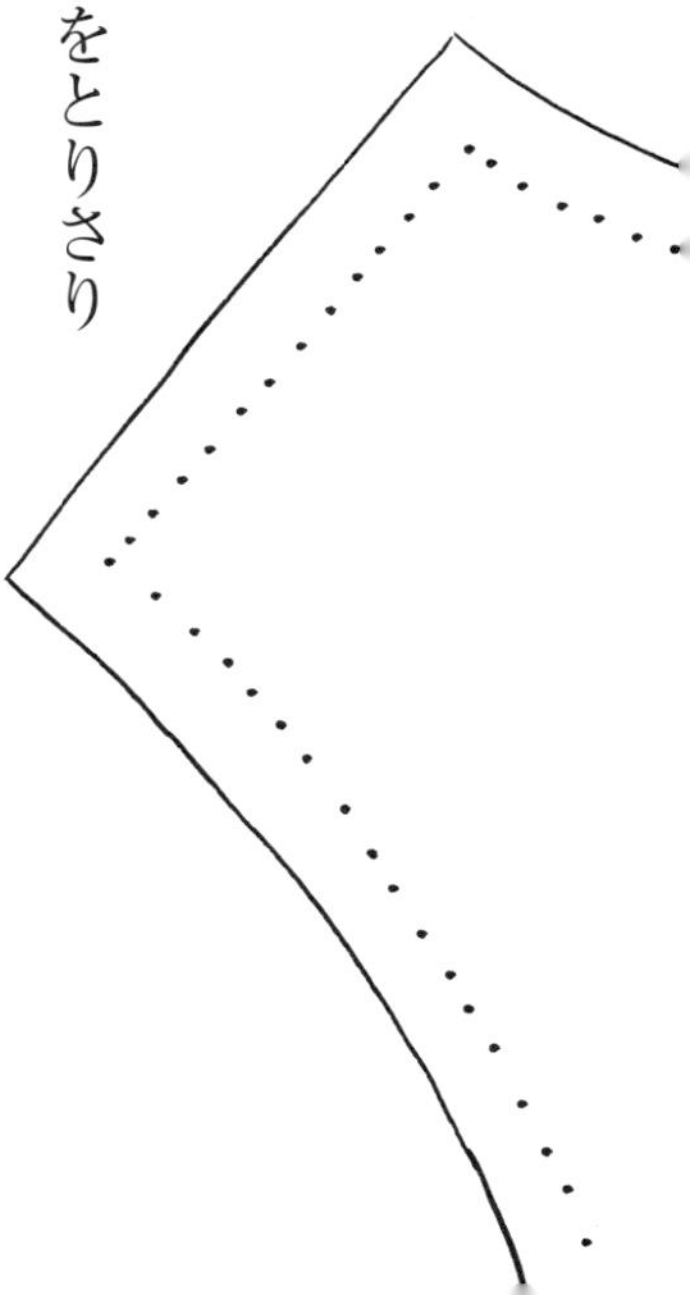

なりました、ナナさま」

けれど、ナナの顔《かお》はくもりませんでした。

「わかっているわ、コットン。そういうときこそ、ミシンをつかえばいいのよ。それなら、あっというまに仕上《しあ》がるもの」

そういって、うれしそうにミシンの前《まえ》にすわります。

このミシンは、ナナの家《いえ》にあるミシンとは、まったくちがっていました。コンセントにさしこむコードもありません。かわりに、床《ゆか》のすこし上《うえ》に足《あし》おきのようなペダルがあって、ペダルを足《あし》でシーソーのようにうごかすとミシンのはずみ車《ぐるま》がまわり、はりがうごくしくみです。足《あし》ぶみミシンという、とても昔風《むかしふう》なミシンでした。

でも、銀色《ぎんいろ》のはずみ車《ぐるま》や、レリーフかざりのついた、つややかで真《ま》っ

Sewing Machine
Sewing
Sewing
Sewing
Sewing

黒《くろ》なミシンはとても美《うつく》しいものでした。ナナははじめてこの店《みせ》にきたときから、このミシンをうごかしてみたくて、たまらなかったのです。

「ナナさま。足《あし》ぶみミシンをおつかいになったことがございますか?」

コットンが心配《しんぱい》そうにたずねました。

「もちろんないわ、コットン。でも、きっとだいじょうぶ。それに、電動《でんどう》のふつうのミ

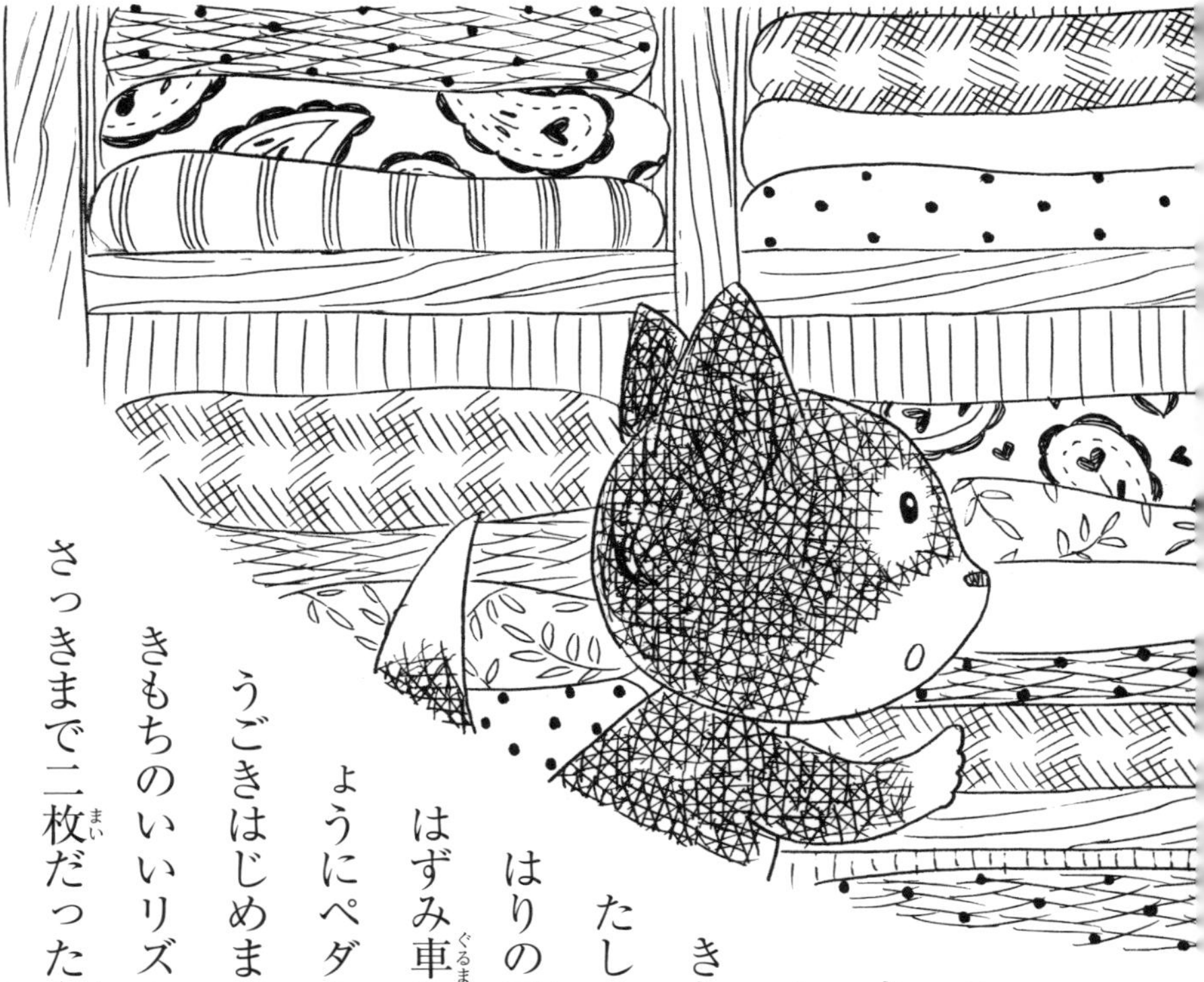

シンなら、つかったことが
あるもの」
ナナはミシンに糸《いと》が二本《ほん》、きちんととおっていることを、たしかめてから、ドレスの布《ぬの》をはりの下《した》にはさみこみました。
はずみ車《ぐるま》に手《て》をそえながら、しんちょうにペダルをうごかすと、ミシンはうごきはじめます。カタコトカタコト……、きもちのいいリズムをとるような音《おと》がひびき、さっきまで二枚《まい》だった布《ぬの》が、あっというまに一枚《まい》につながりました。

「おじょうずでございます！　ナナさま」

コットンのほっとしたようすをみて、ナナは得意《とくい》なきもちになりました。

「わたしにまかせておいて、コットン。これなら予定《よてい》どおり、シルクが帰《かえ》ってくる前《まえ》の日《ひ》にペセルにわたせるわ」

「それでは、わたくしは紅茶《こうちゃ》をいれ直《なお》すことにいたしましょう。

すっかりさめて
しまいましたからね」
そういってコットンは
キッチンへはいりました。
いつものようにお湯《ゆ》をわかし、
ぶくぶくと大《おお》きな泡《あわ》が立《た》ち
あがってきたところで、紅茶《こうちゃ》の葉《は》をいれた
ティーポットにそそぎいれます。こうしている
あいだにも、お店《みせ》からはカタコトカタコトという、
きもちのいい音《おと》がきこえてきました。
「音《おと》だけきいていると、まるでシルクさまが、いらっしゃる

ようでございますねえ……」

コットンがそんなひとりごとを、いったときのことです。

さっきまできこえていた規則正《きそくただ》しいリズムが、きゅうにみだれたかとおもうと、ピタッときこえなくなってしまったのです。

コットンはハッとなって、大《おお》いそぎでお店《みせ》にかけこみました。

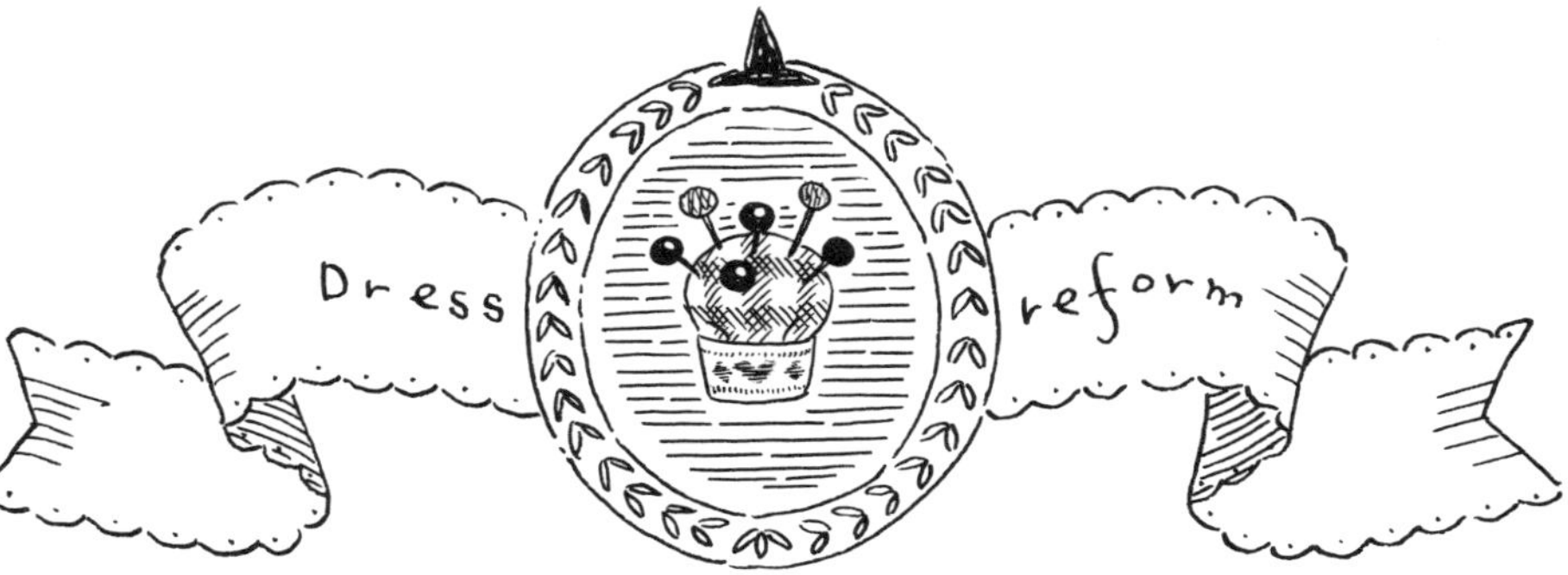

7

ナナ、あきらめそうになる

　コットンがキッチンから店《みせ》にとびこむと、ナナがこまりはてた顔《かお》でミシンをみまわしていました。

「コットン。ミシンの調子《ちょうし》がおかしいの。ペダルがだんだん重《おも》くなって、すっかりうごかなくなってしまったのよ」

　コットンがはずみ車《ぐるま》をまわそうとしても、ぴくりともうごきません。

　ナナとコットンは、ミシンのいろいろな場所《ばしょ》に油《あぶら》をさしてみましたが、まったくきき目《め》はありませんでした。

「こわれちゃったのかしら？」

「そのようでございます。ナナさま」

ナナとコットンはため息《いき》をつきました。ミシンはうごかなくなっただけでなく、はりがおりたまま、ドレスにささっていました。

「なんとかして、ドレスをミシンからはずさなくてはなりません。ナナさま」

ナナはうなずいて、はずみ車《ぐるま》を逆《ぎゃく》むきにまわしてみました。力《ちから》をいれると、すこしだけはりがあがります。そこで、ドレスからはりがはなれたしゅんかんに、ドレスをおもいきってひっぱることにしました。

ビリッ！

いやな音《おと》がひびきました。

同時《どうじ》にコットンとナナが、「ああっ」とざんねんそうにさけびます。

ドレスはミシンからはずれましたが、はりがひっかかって生地《きじ》がさけてしまったのです。

「どうしよう……正面《しょうめん》のスカートのすそがやぶれてしまったわ」

ナナは、そういって、だまりこんでしまいました。

そんなナナを、コットンがやさしくはげまします。

「ドレスをミシンからはずせて、よろしゅうございました。やぶれたところは、ぬう場所《ばしょ》がふえただけのことでございます。ミシンのかわりに、ふたりで、手《て》でぬいあげましょう」

「そうね、コットン。手《て》でぬえばいいのよね」

なんとか元気《げんき》をとりもどしたナナは、すぐにはりに糸《いと》をとおしました。そして、ちくちくと手《て》でぬいはじめたのです。それは、れんしゅうシートとおなじ「並《なみ》ぬ

い」でした。ナナにとっては、得意《とくい》なことではありませんでしたが、よく日《じつ》も「並《なみ》ぬい」をつづけます。けれど、そのぬい目《め》はふぞろいで、ミシンのようにはいきません。そうしてその日《ひ》、なん時間《じかん》か並《なみ》ぬいをつづけたナナの手《て》は、ぱたっととまってしまったのです。

「どうなさいました？　ナナさま」

となりでいっしょに並《なみ》ぬいをしていたコットンが顔《かお》をあげると、そこには、いまにも泣《な》きだしそうなナナの顔《かお》がありま

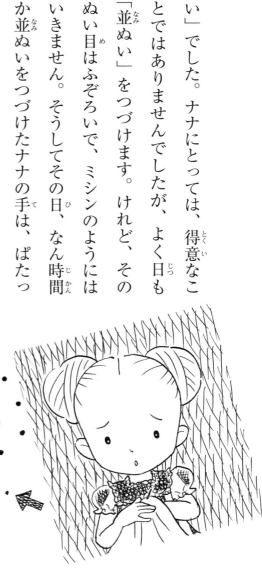

した。

「やっぱりわたしにはできないわ。シルクのようにはぬえないもの。ミシンがないのに、ぬいあげるのはとてもむりよ」

そういってはりをおいたナナを、コットンはかなしそうな顔《かお》でみつめました。そしてしばらくかんがえてからあかるい声《こえ》でこういったのです。

「ナナさまにみせたいお部屋《へや》がございます。きのう、わたくしがそうじしたお部屋《へや》でございますよ」

コットンが立《た》ちあがったので、ナナは目《め》を丸《まる》くしました。

「でも、ドレスをぬわなくてもいいの?」

「ただぬえばいいというものではございません。ナナさま。さあ、さあ、まいりましょう」

コットンは魔法《まほう》の部屋《へや》につながるかぎたばから、ひとつのかぎをとりだすと、さっとキッチンのドアをあけました。その奥《おく》にあるドアから魔《ま》法《ほう》の部屋《へや》にはいるのです。元気《げんき》をなくしていたナナも、魔法《まほう》の部屋《へや》へはいれるときいて、おもわずコットンのあとにつづきました。

「ナナさま、どうぞおはいりください」

コットンがかぎをさしこんでドアをあけると、そこは、お洋服《ようふく》をしまっておくクローゼットのような、不思議《ふしぎ》な部屋《へや》でした。

8

魔法《まほう》の部屋《へや》

その魔法《まほう》の部屋《へや》には、奥《おく》までずっとつづく長《なが》いポールがありました。

そしてそこに、たくさんのドレスが、ずらっとかかっていたのです。しかも、どれもこれも、すんだ白《しろ》い布《ぬの》で作《つく》られていました。それに、だれもこれを着《き》て外《そと》にでかけようとは、おもわないでしょう。というのも、どのドレスにも赤《あか》いチャコペンシルで「ここをもっとつめる」とか「このタックは、ないほうがいい？」とか、かいてあったからです。

中《なか》には部分的《ぶぶんてき》に仕上《しあ》げただけで、最後《さいご》までできあがっていないドレスもありました。

「まるで型紙《かたがみ》を、ぬいあわせたみたい」

ナナがおもわずそういうと、コットンはうなずきました。

「そのとおりでございますよ、ナナさま。ただし、この白《しろ》い材料《ざいりょう》は紙《かみ》ではございません。この布《ぬの》はシーチングといって、もっとも値段《ねだん》の安《やす》い布《ぬの》。『ためしぬい』につかうのでございますよ」

「ためしぬい？」

首《くび》をかしげるナナにコットンがこうつづけます。

「おさいほう魔女《まじょ》たちは、デザインを決《き》めたあと、まずこの布《ぬの》で、ためしに作《つく》ってみることがございます。ほんとうにつかう布《ぬの》が、とても高価《こうか》な場合《ばあい》もございますからね」

それをきいて、ナナはすっかり感心《かんしん》しました。

「『ためしぬい』でドレスがデザイン画《が》どおりにできあがるか、たしかめるのね。うまくいかなかったら、型紙《かたがみ》を作《つく》り直《なお》すの？」

「そのとおりでございます。リフォームのばあいは、おきゃくさまがもっていらっしゃるのは、この世《よ》に一着《いっちゃく》しかないドレスでございます。一度切《どき》ってしまったら、とりかえしがつきません。ですから、デザイン画《が》どおりに作《つく》れるかどうか『ためしぬい』することが、だいじなのでございます」

「つまり、自信《じしん》がないときにする、れんしゅうみたいなもの？」

ナナのことばに、コットンは大《おお》きくうなずきました。

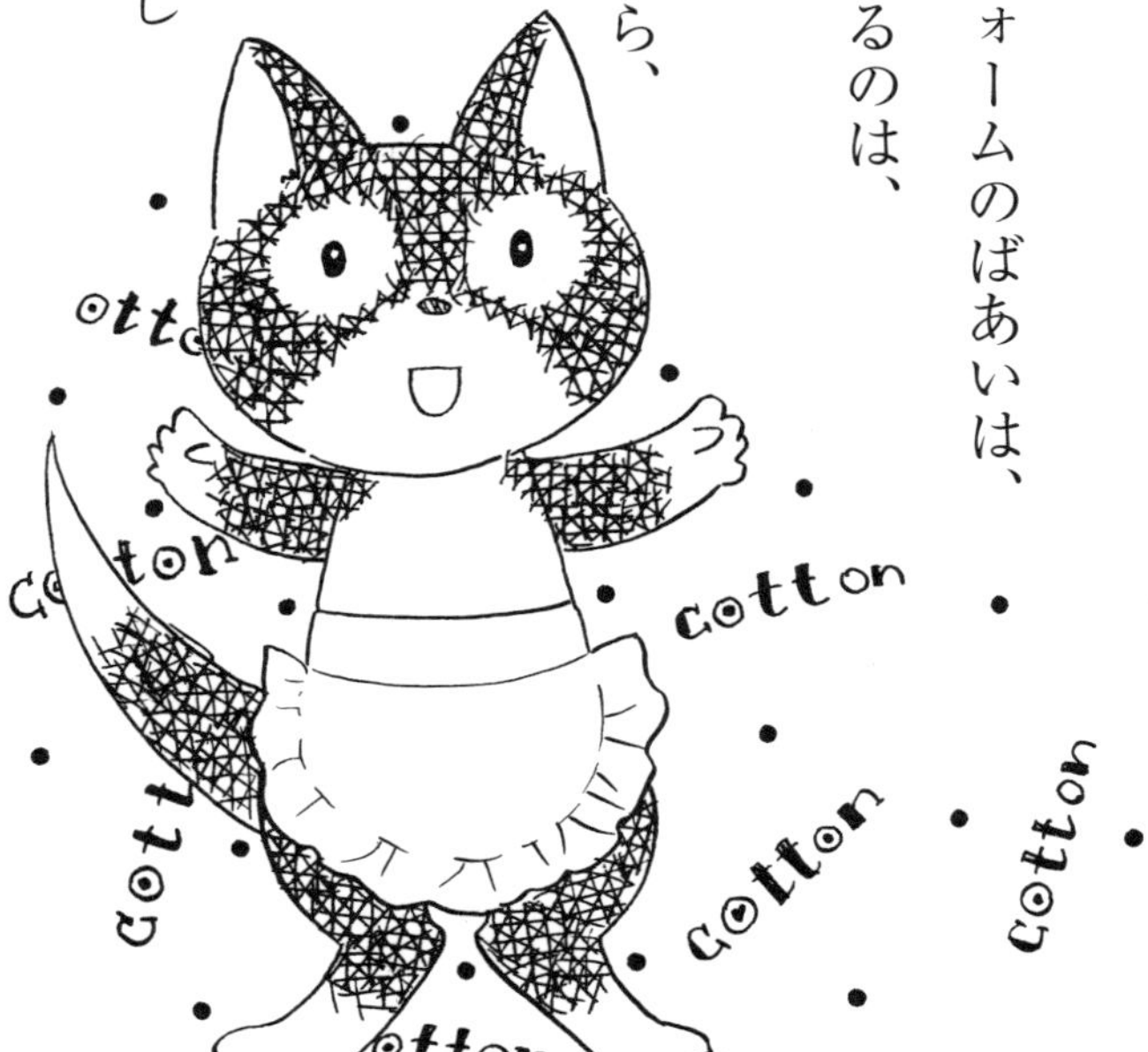

「はい、まさしくれんしゅうでございます。といっても、シルクさまは最近《さいきん》、あまりためしぬいをなさいません。ずいぶん腕《うで》をあげられましたからね。いつでも自信《じしん》をもって、ぬいあげられるようにおなりです」
それからコットンは、かごがならんでいる棚《たな》の前《まえ》にナナをつれていきました。
かごの中《なか》には、ハンカチほどの大《おお》きさの布《ぬの》が、たくさんはいっていま

す。それを手《て》にとったナナは、おどろきました。
「これは、おさいほうのれんしゅうシートだわ」
それは、一週間前《いっしゅうかんまえ》にナナがシルクからわたされた、並《なみ》ぬいのれんしゅうシートとそっくりでした。ここにならんでいる、かごのひとつひとつに、そんなシートがたくさん、はいっていたのです。並《なみ》ぬいのれんしゅうをしたシートもあれば、もっとずっとむずかしいぬい方《かた》や、ししゅうのステッチをれんしゅうしたシートもありました。

　コットンは部屋《へや》のいちばん奥《おく》においてあるトルソーの前《まえ》に立《た》ちました。トルソーに着《き》せつけてあるのも、シーチングで作《つく》ったドレスです。そのドレスには赤《あか》いチャコペンシルで「やった！　これでＯＫ《オーケイ》」とかいてありました。そしてその文字《もじ》のよこには、美《うつく》しいすそが、ひろがっていたのです。

「シルクさまも、はじめからいまのように、おじょうずだったわけではございません。お直《なお》しの仕事《しごと》になれないころは、注文《ちゅうもん》をうけるたびに、シーチングでためしぬいを

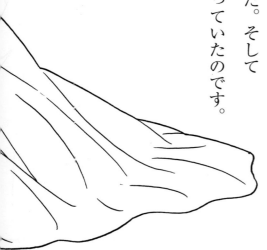

なさいました。なかなかデザイン画《が》どおりに作《つく》れないこともあったのでございますよ」

コットンのいうとおり、シーチングのドレスにかかれた文字《もじ》をよむと、シルクが悩《なや》みながらドレスを作《つく》っていたことがわかります。

ナナはそんな文字《もじ》をよんでいきました。

「これは失敗《しっぱい》……、このぬい方《かた》はダメ……、もっとていねいに……、ここをすこしつめる……、おきゃくさまのきもちになって……」

さいごのことばをよんだとき、ナナの胸《むね》の奥《おく》が、とてもあたたかくなりました。そして、ずらりとならんだドレスとれんしゅう用《よう》の布《ぬの》の山《やま》をみわたして、ふうっと息《いき》をはきだしたのです。

「シルクはいつもかんたんそうに、自信《じしん》まんまんでお直《なお》しをしているようにみえたのに……。じつはおきゃくさまのために、こんなにたくさんの

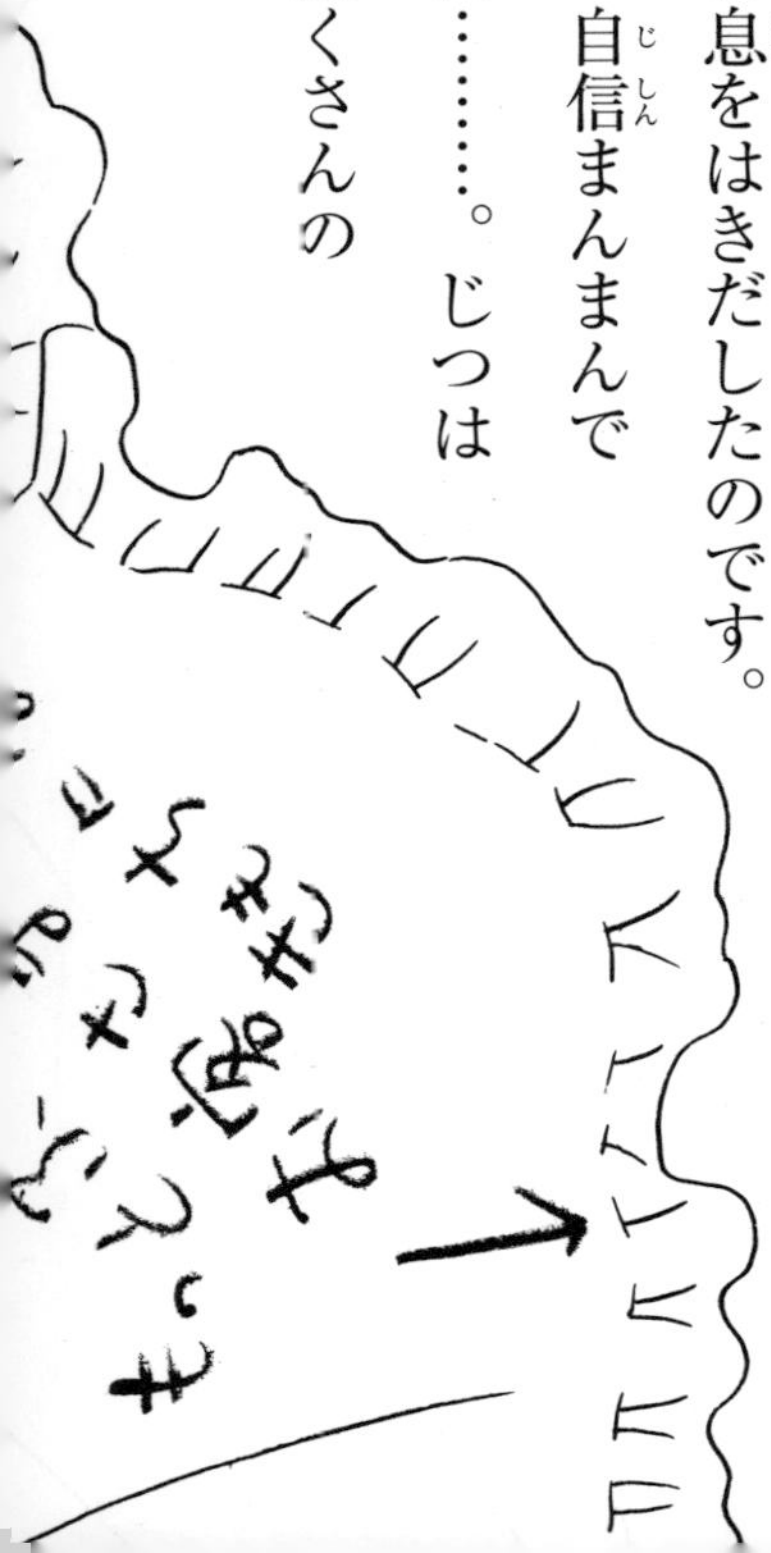

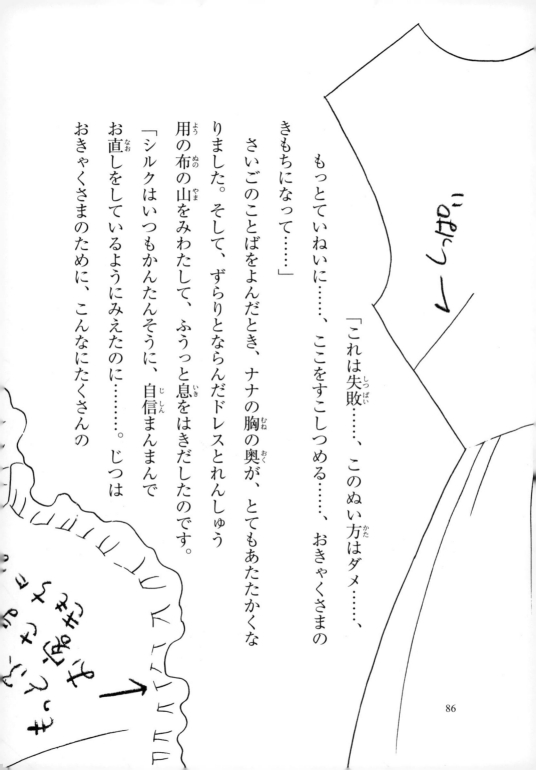

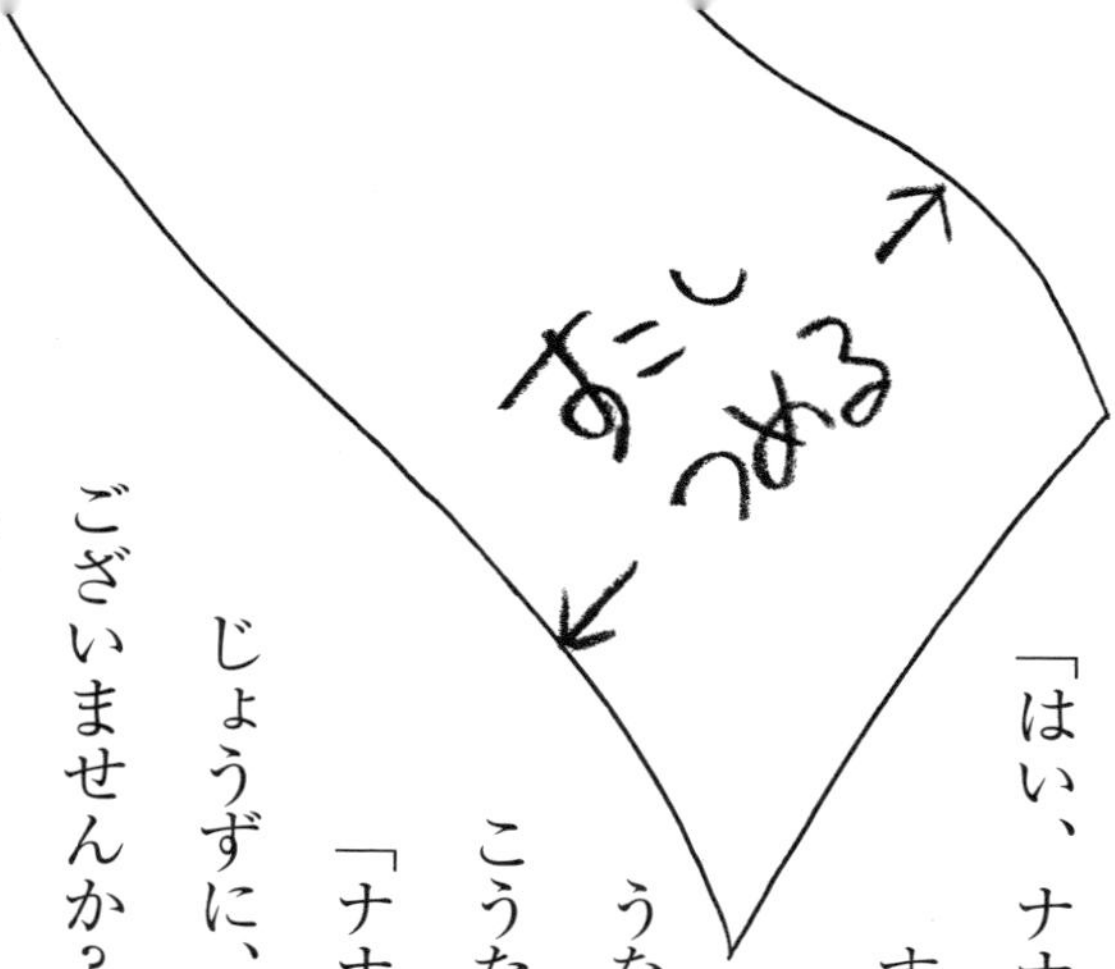

れんしゅうをしていたのね」

「はい、ナナさま。自信《じしん》をもつには、努力《どりょく》してれんしゅうするのが、いちばんでございますから」

ナナがそのことばにうなずくと、コットンは、こうたずねました。

「ナナさまも、おさいほうがじょうずに、なりたかったのではございませんか？　シルクさまのように」

「でも、コットン。こんなにたくさんれんしゅうするなんて、わたしにできるかしら？」

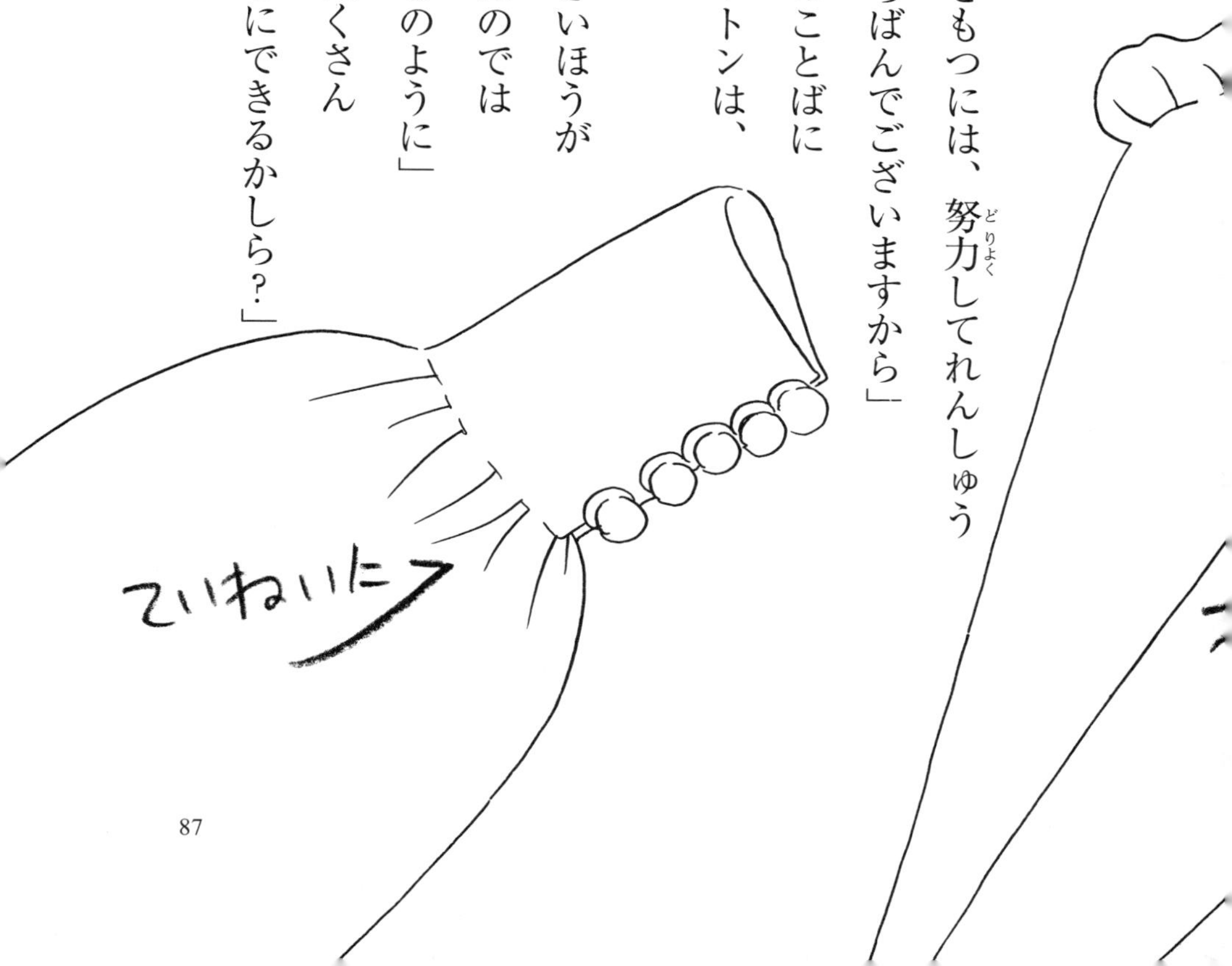

するとコットンは、にっこりとわらいました。

「もちろんでございます。ナナさまがおさいほうが、ほんとうに好《す》きで、おきゃくさまの役《やく》に立《た》ちたいと、ねがっているなら、自然《しぜん》とできるものでございます」

けれど、こうもつづけました。

「どんなことであれ、なにかをやりとげようとするなら、かんたんなことなど、ひとつもございません、ナナさま。ただひとつ。あきらめることだけは、とてもかんたんでございますけれど」

そういわれて、一週間《いっしゅうかん》で並《なみ》ぬいのれんしゅうをほうりだしたナナは赤《あか》くなりました。

「わたし、もうあきらめないわ、コットン。ミシンがなくても、自分《じぶん》の手《て》で並《なみ》ぬいして、ペセルのドレスを、きっと仕上《しあ》げてみせるつもりよ」

「そうでございましょうとも！　ナナさま。さあ、はやく店《みせ》にもどって、ドレスをぬいあげましょう」

リフォーム支店《してん》にもどったコットンとナナは、すぐに、はりを手《て》にとりました。そして、しんぼう強《づよ》く並《なみ》ぬいをつづけたのです。そのよく日《じつ》も、ふたりはコツコツとドレスをぬいあわせていきました。

ナナはペセルのきもちをおもい、心《こころ》をこめてひとはり、ひとはりをすすめていきます。そうすると、あれほどつまらないと感《かん》じていた並《なみ》ぬいも、すこしも苦《く》でなくなったのです。その上《うえ》、れんしゅうシートではバラバラだったぬい目《め》も、不思議《ふしぎ》と、ととのっていきました。

「心《こころ》をこめると、自然《しぜん》とていねいに、ぬえるようになるのね。これが、じょうずにぬえるようになるコツなんだわ」

そう気《き》づいたナナは、おとといシルクに「おさいほうが、じょうずになるコツ」をたずねたことを、おもいだしました。

そのときシルクは「自信《じしん》をもつこと」とこたえましたが、ナナはべつのこたえを自分《じぶん》でみつけた気《き》がして、うれしくなります。

「でも……」

と、ナナはすこし顔《かお》をくもらせました。

「いくら心《こころ》をこめてぬっても、このお直《なお》しがほんとうにペセルのためになるとは、おもえないの」

すると、コットンもうなずきます。

「はい、ナナさま。このドレスが、ペセルさまが歌《うた》うのをやめるためにつかわれるのかとおもうと、つらいきもちがいたします」

それに、問題《もんだい》はほかにもありました。

ふたりがどんなにがんばっても、時間《じかん》がたりそうもないのです。

それにミシンにはさまってやぶけてしまったのは、スカートの正面《しょうめん》。どんなにきれいにぬいあわせても、みじめな仕上《しあ》がりになるのはまちがいありませんでした。

「こまったことになりそうでございますね、ナナさま」

と、そのときです。ノックもなく、とつぜん店《みせ》の赤《あか》いドアがあいたのです。

おどろいたナナとコットンはドアに顔《かお》をむけました。そして、はいってきた魔女《まじょ》をみると、もっとおどろいて、はりをもつ手《て》もとまってしまったのです。

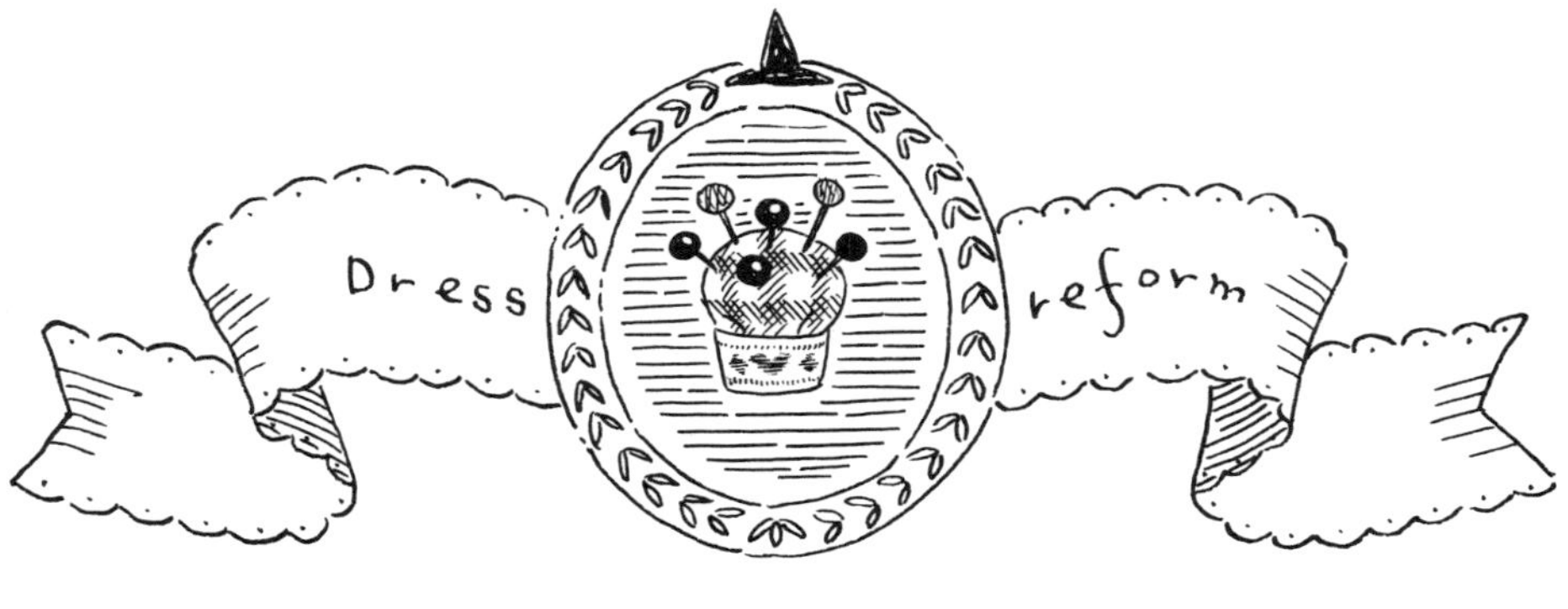

9

ほんとうのペセル

「シルク！」

店《みせ》にはいってきたのは、シルクでした。

「おもどりは三日後《みっかご》のはずでは？　シルクさま」

「そうよ、シルク。まさか、大《おお》おばさまのおたんじょうパーティーをぬけだしてきたの？」

「ちがうわ、ナナ。大《おお》おばさまは、お祝《いわ》いのお料理《りょうり》を食《た》べすぎて、おなかをこわしてしまったの。それで、五日間《いつかかん》つづくはずだったパーティーが二日《ふつか》でおわりになったってわけ」
そうきいて、ナナとコットンは、こまった顔《かお》をみあわせました。
シルクは、そんなナナとコットンのおかしなようすに、すぐに気《き》がつきます。
なにより
テーブルの上《うえ》に、みなれないドレスがのっているのが気《き》になりました。
「これはだれのドレスなの？　コットン」

「それは……」

コットンは小《ちい》さな声《こえ》でそういうと、

おもわず目《め》をふせました。

けれどすぐに、

じっとシルクを

みあげてから、

ふかく頭《あたま》をさげて、

こうつづけたのです。

「もうしわけございません……、

シルクさま」

コットンは、シルクがるすのあいだにおこったことを、かくさずにぜ

んぶはなしました。ナナはというと、そのあいだ中《じゅう》、シルクの顔《かお》をみることさえ、できませんでした。自分《じぶん》がおさいほう魔女《まじょ》でないことをペセルに、はなさなかったこと。おさいほう魔女《まじょ》でもないくせに、注文《ちゅうもん》をひきうけてしまったこと。それをシルクにないしょにしようと、かんがえたこと……。おもえば、はずかしいことばかりです。

(きっとシルクは、すごく怒《おこ》るにちがいないわ。それにわたしのこともきらいになるかも)

ところが、話《はなし》をききおえたシルクは、うなずいただけで、なにもいわなかったのです。

それからなにかをかんがえこむように、目《め》をつぶりました。

そこでナナは、勇気《ゆうき》をだして、こういいました。

「このお直《なお》しは、ペセルをしあわせにするかしら？　シルク。歌《うた》を歌《うた》うのをやめることが、ほんとうにいいことなの？　傷《きず》ついた人《ひと》を歌《うた》ではげますっていうのが、ペセルのほんとうの夢《ゆめ》だったはずなのに……」

　すると、シルクは、ぱちっと目《め》をあけてナナにむきあいました。

「そのとおりね、ナナ。このお直《なお》しも、ペセルが歌《うた》をやめるのも、まちがっているわ。それに、このデザインときたら……。ただのやぼったいワンピースじゃなくって？」

　そのことばに、ナナもコットンも、おもわずふきだしました。ふたりの笑顔《えがお》につられて、シルクもほほえみます。

「リフォーム支店《してん》でわらったのは二日《ふつか》ぶりだわ。勝手《かって》なことをして、ほんとうにごめんなさい、シルク。それから、お帰《かえ》りなさい！」

ナナがそういってシルクにだきついたので、シルクは目《め》をぱちくりさせて、ほおをそめました。それから咳《せき》ばらいすると、腰《こし》に手《て》をあてて、こういいます。

「さあ、ゆっくりしているヒマはなくってよ、コットン、ナナ。いまのペセルにほんとうにひつようなリフォームは、なんなのか、ドレスのデザインをかんがえましょう」

そして、スケッチブックをとりだすと、ナナにこうたずねました。
「ペセルはきらきらなドレスも、アイドルらしいかわいい歌《うた》も、『自分《じぶん》らしくない』って、いってていたのよね？」
「そうよ、シルク。でも、どういうのが『ペセルらしい』のか、わたしにはわからないわ。やさしくてかんじがよくて、それに努力家《どりょくか》の魔女《まじょ》さ

んだっておもったけれど、仲良《なかよ》しの友《とも》だちになれるほどは、はなせなかったし」

「それは、ペセルさまのファンもおなじことでございましょう。ペセルさまご自《じ》身《しん》も『だれもほんとうの自分《じぶん》をみてくれない』とおなげきでした。アイドルになられる前《まえ》のペセルさまが、どんな魔女《まじょ》どのだったのか、わかればいいのですが……」

コットンがそういうと、

ナナがはっとなりました。
「ペセルは自分《じぶん》のことを『いなかそだちのふつうの女《おんな》の子《こ》魔女《まじょ》』だっていっていたわ。アイドルになる前《まえ》はいなかにいたのかしら？」
そうきいて、こんどはシルクが目《め》をかがやかせます。
「そういえば、ペセルはカリーノで生《う》まれそだったって、きいたことがあるわ」

10

カリーノの歌《うた》

カリーノというのは、その地方《ちほう》のよび名《な》です。そこは、魔法市場《まほういちば》のある街《まち》とは大《おお》ちがいで、魔女《まじょ》より牛《うし》の数《かず》の方《ほう》が多《おお》いくらいでした。

けれど自然《しぜん》の美《うつく》しさと、そこに住《す》む魔女《まじょ》たちのあたたかな人《ひと》がらは、魔女《まじょ》の世界《せかい》でよく知《し》られていたのです。カリーノときいて、こんどはコットンがポンと手《て》をたたきます。

「まちがいございません、シルクさま。ペセルさまはわたしたちに昔《むかし》からつたわる『友《とも》をはげます歌《うた》』を歌《うた》ってくれたのですが、あれはたしか、カリーノの古《ふる》い歌《うた》だったとおもいます」

コットンとシルクは、顔《かお》をみあわせて、なん度《ど》もうなずきあいました。

「ペセルさまがカリーノ生《う》まれなら、デザインはもうできたようなものでございますね」

そういうコットンに、ナナは首《くび》をかしげます。

「でもコットン。ペセルがカリーノに住《す》んでいたからって、それがドレスのデザインに関係《かんけい》あるの？」

「ございますとも！　ナナさま」

いまでこそ世界中《せかいじゅう》の魔女《まじょ》たちは、おなじファッションの流行《りゅうこう》をおいかけています。

でも昔《むかし》は、その土地《とち》ならではの材料《ざいりょう》や模様《もよう》、ドレスの形《かたち》がありました。そんなドレスを着《き》ている魔女《まじょ》はもうすこししかいません。

出番《でばん》は昔《むかし》ながらのお祭《まつ》りのときだけです。そういうドレスの中《なか》でもカリーノにつたわる魔女《まじょ》ドレスは、ロマンチックなデザインでゆうめいでした。

「民族衣装《みんぞくいしょう》をデザインにつかうのね、シルク」

「そのとおりよ、ナナ。ペセルがカリーノそだちの、そぼくだけれど心《こころ》のきよらかな女《おんな》の子《こ》だってことが、ひと目《め》でわかるドレスになるわ」

「そういうドレスなら、だれかをはげますような歌《うた》を歌《うた》うのにもぴったたりでございます。冬《ふゆ》の寒《さむ》さがきびしいカリーノには、『友《とも》をはげます歌《うた》』のような歌《うた》が多《おお》いのでございますよ。ナナさま」

「ペセルはほんとうは、カリーノの古《ふる》い歌《うた》が歌《うた》いたいのね」

コットンとナナがそうはなすあいだに、シルクはスケッチブックの上《うえ》でさらさらと手《て》をうごかしました。そして、あっというまにデザイン画《が》をかきあげたのです。

それは、はばのひろいリボンをあしらったドレスでした。そのリボンはカリーノだけで作《つく》られている美《うつく》しいおり物《もの》。

スカートは前《まえ》はみじかく、うしろは長《なが》いデザインです。

ミシンでやぶってしまったスカートが息《いき》をのむほど、はなやかにうまれかわりました。

たのんだひと	ペセル
きるひと	ペセル
もくてき	ほんとうの自分になれるドレス

MEMO

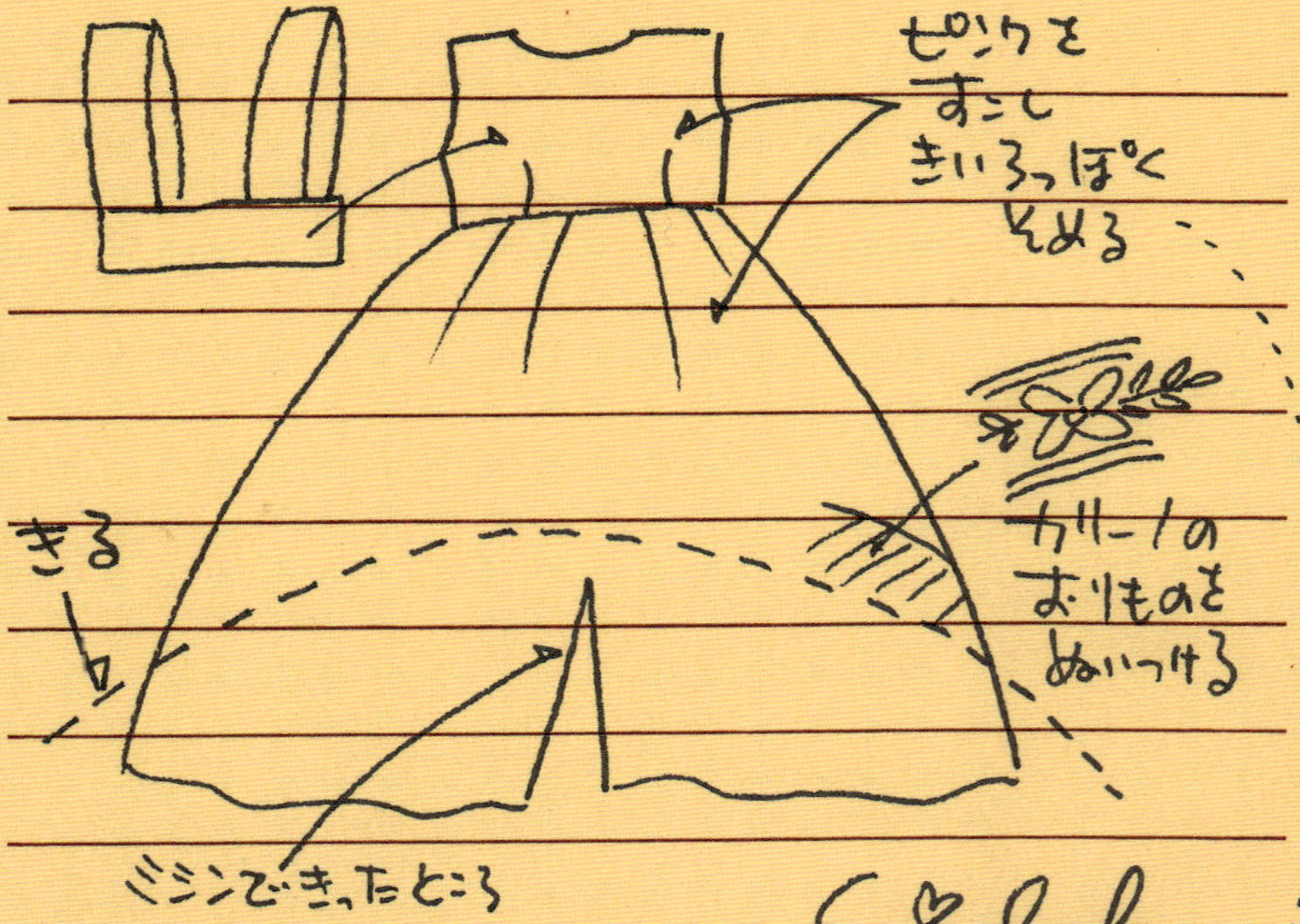

たんとうしゃ　Silk

みほん

No.

FROM 2003
なんでも魔女商会

「これは美《うつく》しゅうございます、シルクさま。これならアイドルのドレスとしても、みばえがいたします。それでいて、はでな色《いろ》でもなく、カリーノあたりで昔《むかし》の魔女《まじょ》たちが着《き》ていたドレスのようでもございます」

コットンのいうとおり、あかるいピンク色《いろ》のドレスは、クリーム色《いろ》がかったサーモンピンクにうまれかわっています。

「すごく、かわいいわ！　このドレスを着《き》れば、きっとペセルは、しあわせになれるわよね、シルク？」

するとシルクは肩《かた》をすくめました。

「それはペセルしだいよ。おもいどおりの歌《うた》が歌《うた》えないからって、歌《うた》う仕事《しごと》をほうりだしてしまうのなら、ペセルはしあわせにはなれないわ。どんな夢《ゆめ》も、とちゅうであきらめたら、かなわないいんじゃなくって？」

シルクのことばをきいて、ナナは白《しろ》いドレスがならんだ魔法《まほう》の部屋《へや》をおもいだしました。おもいどおりにいかないときが、がんばるとき……、
シルクはそうペセルを、はげましたいのだとナナはおもいました。

（ドレスを着《き》れば、ペセルもきっと、そのことに気《き》づいてくれるわ）

ナナが心《こころ》から、そうねがっているあいだに、シルクとコットンは魔法《まほう》

旅行《りょこう》シートの用意《ようい》をはじめていました。

「いまからカリーノにいくわよ、ナナ。このリフォームには、どうしてもカリーノで作《つく》られたおり物《もの》がひつようですもの。ナナもペセルのふるさと、カリーノを自分《じぶん》の目《め》でみてみたら？　そうすれば、ペセルのほんとうのきもちをわかってあげられるんじゃなくって？」

もちろんナナは、大《おお》よろこびでうなずきました。

11

はたおり魔女《まじょ》

　魔法旅行《まほうりょこう》シートは、一瞬《いっしゅん》でシルクとナナ、コットンをカリーノの高原《こうげん》にはこんでくれました。

「わあっ、きもちがいい！」

　シートからとびおりると、ナナはおもいきりのびをして、大《おお》きく息《いき》をすいこみました。

　美《うつく》しい緑《みどり》のじゅうたんと、鏡《かがみ》のような湖《みずうみ》、ところどころにある小《ちい》さな林《はやし》。そんな景色《けしき》が、ずっとつづいています。ときおり、すうっと雲《くも》がよ

こぎり、うすいベールのような霧《きり》がたちこめると、まるで絵《え》の中《なか》にいるようなきもちになりました。きこえてくる音《おと》は、鳥《とり》の声《こえ》と牛《うし》の首《くび》につけられたベルの音《おと》だけです。

「なんてすがすがしいのかしら。ペセルの心《こころ》の中《なか》は、こんな風《ふう》にすみわたっていたのね」

ナナは、どうしてペセルがあのドレスを

自分《じぶん》らしくないといったのか、わかる気《き》がしました。

「あそこにみえるのが、カリーノのおり物《もの》をおっている、はたおり魔女《まじょ》の家《いえ》よ」

そういうなり、シルクはあるきはじめます。

古《ふる》い木戸《きど》をノックすると、やさしそうなはたおり魔女《まじょ》が、でむかえてくれました。その家《いえ》はとても美《うつく》しかったのですが、あたらしいものはひとつとして、ありませんでした。いすも戸棚《とだな》も、みな、なん代《だい》もの魔女《まじょ》がつかってきた物《もの》ばかり。レンガばりの壁《かべ》は、窓《まど》からさしこむ光《ひかり》に、やさしくてらしだされています。はたおり魔女《まじょ》はシルクからペセルの話《はなし》をきくと、ぜひ自分《じぶん》のおった布《ぬの》をつかってほしいといいました。

「カリーノに住《す》む魔女《まじょ》は
みんな知《し》りあいだから、
ペセルのことは、まだ小《ちい》さ
かったころから知《し》っているわ。
カリーノのおり物《もの》が、きっと
ペセルをはげますことでしょう」
そういって奥《おく》の部屋《へや》から美《うつく》しい
おり物《もの》をもってきました。
「ペセルが好《す》きな高原《こうげん》の花《はな》の模様《もよう》をおりこんだ
リボンよ。これをつかってちょうだい」
そのみごとなおり物《もの》をみて、シルクは息《いき》をのみました。

おり物《もの》の色《いろ》もそめ直《なお》すドレスにぴったりです。

「すばらしいわ……！　どうもありがとう、はたおり魔女《まじょ》」

シルクたちは、お礼《れい》をいって、はたおり魔女《まじょ》の家《いえ》をでました。

そしてその腕《うで》に美《うつく》しいおり物《もの》をかかえて、リフォーム支店《してん》へともどってきたのです。

「まずは、トルソーよ」

いつもどおり黒猫《くろねこ》のゆびぬきをはめると、シルクはペセルの名《な》をさけんで、そのゆびでクローゼットのとびらをたたきました。とびらの中《なか》には、もちろんペセルのトルソーがあらわれます。

「つぎはミシンの修理《しゅうり》ね」

シルクはそういって、真剣《しんけん》な顔《かお》でミシンの前《まえ》にすわりました。そして、ナナが心配《しんぱい》そうにみている前《まえ》で、ミシンの中《なか》をのぞきこんだり、ペダルにつながっているゴムひもをひっぱったりしました。それから、ナナをふりかえってこういいます。

「故障《こしょう》したわけじゃなさそうだわ。下側《したがわ》からぬいあげる糸《いと》の出口《でぐち》が、糸《いと》くずでつまってしまったのよ。よくあることよ、ナナ。すぐに直《なお》るわ」

そして、なれた手《て》つきでミシンのなかに手《て》をいれて、小《ちい》さな糸巻《いとま》きとそのケースをとりだしました。あとは、糸《いと》くずのそうじをすれば、おしまいです。こうしてシルクは、あっというまにミシンをもとどおりに直《なお》したのでした。

「ああ、よかった！」

ナナもほっと胸《むね》をなでおろします。

「これでお直《なお》しにミシンがつかえるわよ、ナナ。これならあした一日《にち》でお直《なお》しを仕上《しあ》げることが

できるわね。ナナも手伝《てつだ》ってちょうだい」

そういってから、シルクはにやりとわらって、こうつづけます。

「あら、それはまちがいね。手伝《てつだ》うのはわたしの方《ほう》だったわ。これは『おさいほう魔女《まじょ》ナナ』がひきうけた仕事《しごと》ですもの」

そういわれて、ナナははずかしくて、真《ま》っ赤《か》になってしまいました。

「シルクさま。こまっている人《ひと》をみると、ついひきうけてしまうのが、ナナさまのよいところでございます」

コットンがそういうと、シルクは肩《かた》をすくめました。

12

はじめての「自信《じしん》」

つぎの日《ひ》。

ミシンが直《なお》ったおかげで、リフォームはおどろくほど、はかどりました。もちろんナナも、いっしょうけんめいに手《て》をうごかしつづけています。

こうしてその日《ひ》のうちに、ペセルのドレスはデザイン画《が》どおりに、すっかり生《う》まれかわったのでした。

つぎの日《ひ》。

ペセルが店《みせ》の赤《あか》いドアをノックす

る音《おと》がひびくと、コットンが大《おお》よろこびでとんでいきました。

「いらっしゃいませ、ペセルさま。もう一度《ど》おあいできるとは、なんというしあわせでございましょう」

それをきいたシルクは肩《かた》をすくめ、ナナもくすりとわらいました。

でも、ペセルだけは元気《げんき》がありません。

アイドル魔女《まじょ》をやめようと決《き》めたものの、歌《うた》を歌《うた》えなくなるとおもうと、かなしくなってきたのです。

「こんにちは、ペセル。お直《なお》しはおわっているわよ。でも、注文《ちゅうもん》とは、すこしちがっているの」

ナナがそういうと、ペセルは、はじめて顔《かお》をあげてナナをみました。

「ちがう？　でも、どうして……？」

「それは、このドレスをみれば、わかってよ、ペセル」

そういったのはシルクでした。

そして、コットンがトルソーにかけてあったおおいをはずすと、生《う》まれかわったステージ衣装《いしょう》があらわれたのです。

ペセルはそれをみて、目《め》をみはり、大《おお》つぶの涙《なみだ》がうかびあがりました。

「なんてすてきなドレス。それに、これはカリーノのおり物《もの》だわ」

ペセルはそういって、ドレスのおり物《もの》にそっと手《て》をふれました。

「カリーノをでてきたとき、わたしの歌《うた》でひとりでも多《おお》くの魔女《まじょ》や精霊《せいれい》をはげまそうっていう夢《ゆめ》をもっていたのに……。わたしはいつのまにか、そのたいせつなきもちを、わすれていたのね。だれもわたしの歌《うた》をちゃんときいてくれないからって、夢《ゆめ》をあきらめようとしていたなんて…」

それから、きりっと目《め》をみひらいて、こうつづけたのです。

「わたしは歌《うた》わなくちゃ！　いっしょうけんめいに歌《うた》っていれば、いつかきっと、ちゃんときいてもらえるようになるわ。そして、わたしの夢《ゆめ》

がかなうときが……、人《ひと》をはげます歌《うた》を歌《うた》えるときがやってくる。もうとちゅうであきらめたりしない！」

ペセルはキラキラとかがやくひとみで、ナナをみつめました。

「ありがとう、ナナ。あなたがわたしにしてくださったことは、わすれないわ」

そういわれて、ナナは首《くび》をふりました。

「いいえ、ペセル。わたしはおさいほう魔女《まじょ》じゃないの。なんでもない『ただのナナ』よ。いままでだまっていて、ごめんなさい」

するとペセルは、ナナの手《て》をぎゅっとにぎりました。

「それなら、ただのナナ。あなたとあえてよかったわ。おかげでわたしはたいせつなことに気《き》がつけたんですもの。ほんとうにありがとう！」

「それでは、アイドル魔女《まじょ》をつづけてくださるのですね？　ペセルさま」

コットンのあこがれのまなざしをうけて、ペセルはてれくさそうに、ほほえみました。

「ええ、コットン。さいしょにもっていた夢《ゆめ》をわすれずに、がんばってアイドルをつづけるわ。だって、歌《うた》を歌《うた》うことが、なにより好《す》きなんですもの！」

それから、なにかをおもいだして、はっと小《ちい》さな声《こえ》をあげました。

「たいへん！　コンサートにおくれちゃうわ。きょうはこれを着《き》て歌《うた》えるとおもうと、がんばれそう。ほんとうにありがとう。さようなら！」

ペセルは大《おお》よろこびでドレスをもって帰《かえ》っていきます。みおくったナナは、いままでかんじたことがないような、すがすがしいきもちになりました。

そんなナナに、シルクがこうたずねます。

「ほら、これでひとつ『自信《じしん》』がもてたでしょ？　ナナ」

そういわれて、はじめてナナは、このすがすがしいきもちが「自信《じしん》」なんだと気《き》がつきました。

それは、さいごまでがんばってやりとげたときにだけかんじる、とくべつなきもちです。

（おもいどおりにいかなくても、あきらめずにがんばれば、不得意《ふとくい》なこともひとつずつ得意《とくい》なことにかえていくことができるのね。そうやって、ひとつ得意《とくい》になるたびに、ひとつ「自信《じしん》」が手《て》にはいるんだわ）

そう気《き》づいたナナは、シルクにこうこたえました。

「ええ、シルク。『じょうずになるには「自信《じしん》」がひつよう』なのね。これで、つぎはもっとじょうずに、ぬえそうな気《き》がするわ。ますますおさいほうが好《す》きになっちゃった！」

「それなら、これをあげるわ、ナナ」

そういってシルクがさしだしたのは、あたらしいれんしゅうシートです。ナナはちょっとため息《いき》をついてから、それをうけとりました。

「れんしゅうあるのみでございます。ナナさま」

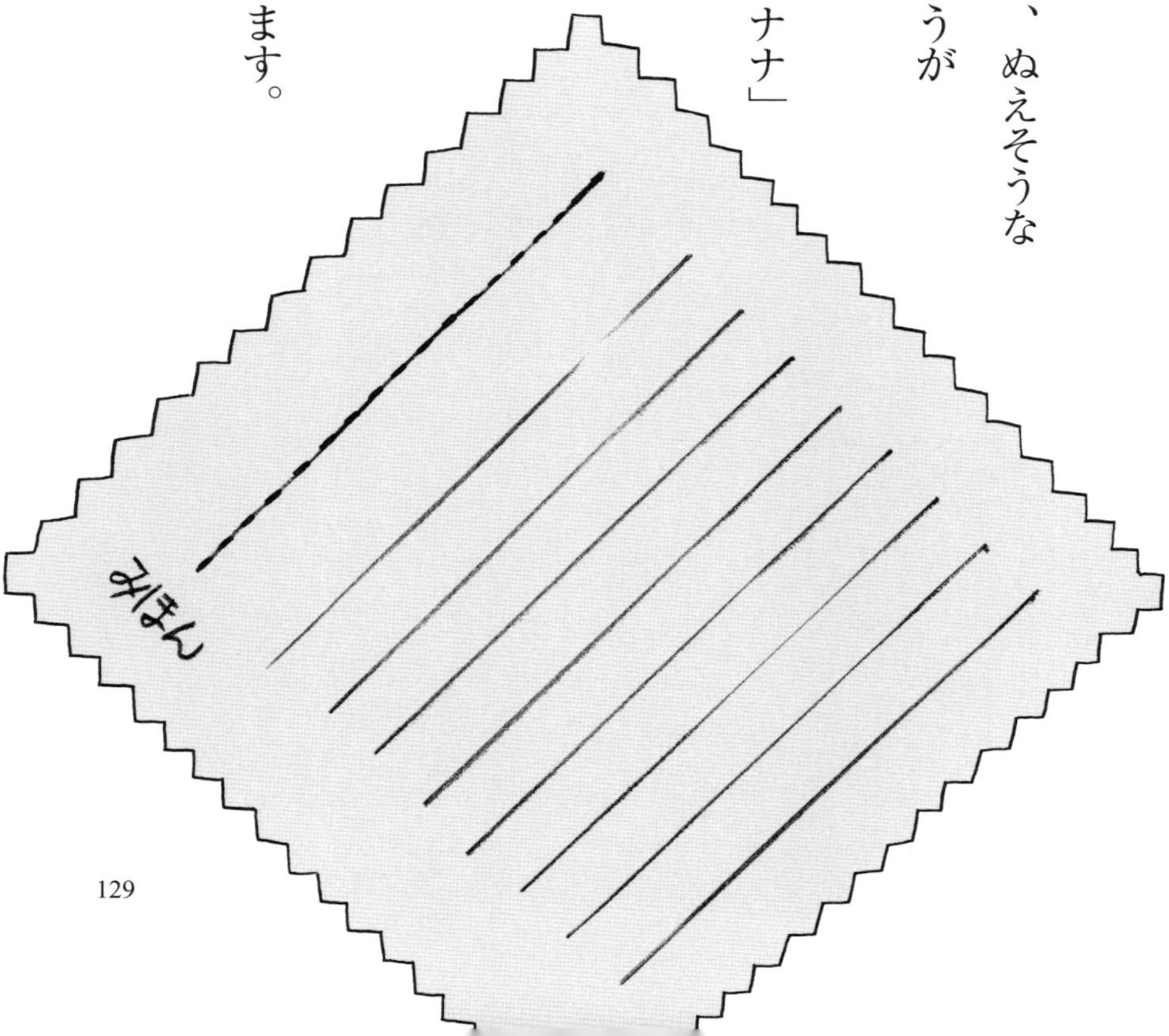

コットンにもそういわれて、ナナは魔法《まほう》の部屋《へや》にあった、れんしゅうシートの山《やま》をおもいだしました。

「シルクって、すごいわね。あんなにたくさん、れんしゅうしたなんて。わたしにもできるかしら？　なにかコツがあるの？」

ナナはそうたずねながら、シルクはきっとまた「コツなんて、なくってよ」とこたえるにちがいないとおもいました。

ところが、シルクは、こういったのです。

「もちろんあるわ、ナナ。コツはたのしんでぬうこと。つらかったら、つづかないでしょ？
おさいほうが好《す》きならナナにも
きっとできてよ」

＊とってもかんたん＊

ミニミニピンクッション

ようういするもの

・ペットボトルのキャップ

・リボン
(キャップをまける長《なが》さ)

・布《ぬの》とコットン

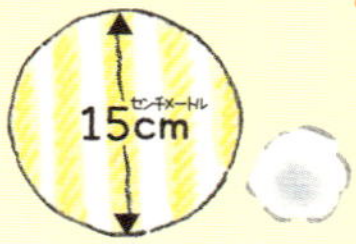

・ボンド

・両面《りょうめん》テープ

1

布《ぬの》のふちにそって並《なみ》ぬいしたら、コットンをつつむようにして糸《いと》をひっぱってしばりとめます。

2

キャップのふちのうらがわにボンドをぬり 1 をはめこみます。

3

リボンのうらがわに両面《りょうめん》テープをはります。

4

2 のボンドがかわいてから、3 のテープをキャップをかくすようにまきます。

13

ペセルの歌声《うたごえ》

その日《ひ》。コンサートは、まだまだはじまらないというのに、会場《かいじょう》にはペセルのファンがもうたくさんあつまっていました。

ペセルは、着《き》がえやお化粧《けしょう》をする楽屋《がくや》の部屋《へや》で、鏡《かがみ》の前《まえ》に立《た》ってじっと自分《じぶん》の姿《すがた》をみつめています。鏡《かがみ》の中《なか》のペセルはリフォーム支店《してん》のドレスを着《き》て、いつもよりずっとやさしげにみえました。

と、ペセルはきゅうに大《おお》きく息《いき》を

すうと、カリーナの古《ふる》い歌《うた》「友《とも》をはげます歌《うた》」を歌《うた》いはじめます。

それは、だれにきかせるためでもありません。

ペセルは鏡《かがみ》にうつる自分《じぶん》をはげまそうと歌《うた》ったのでした。

すると
その歌声《うたごえ》は、ちょうど楽屋《がくや》のドアをたたこうとしていたマネージャー魔女《まじょ》の耳《みみ》にもとどきました。

「なんてすんだ歌声《うたごえ》かしら……」

歌《うた》をきいているうちに、マネージャー魔女《まじょ》のけわしげな表情《ひょうじょう》が、すうっとゆるんでいきます。歌《うた》をききおわったとき、マネージャー魔女《まじょ》はドアをあけて、ペセルにこういいました。

「きょうのコンサートでは、いまの歌《うた》を歌《うた》ってちょうだい、ペセル。あら、わたしが用意《ようい》したドレスって、そんなデザインだった？　すごくいいじゃない。じゃあ、がんばって」

ペセルはびっくりして、そのあとで、泣《な》きそうなくらい、よろこびました。

そうしてペセルは、いよいよステージに立《た》ったのです。

いつもとちがう衣装《いしょう》のペセルをみて、ファンはおどろきました。

「ペセルって、こんなにやさしそうな顔《かお》をしていたかなあ」

「いつもより、ずっとさわやかなかんじがするね」

「かわいいドレス。わたしもカリーナ風《ふう》ドレスがほしくなっちゃった」

ファンが口《くち》ぐちにそのドレスをほめる中《なか》、ペセルは「友《とも》をはげます歌《うた》」を歌《うた》いはじめました。すると、いつものようにファンも応援《おうえん》の声《こえ》をあげはじめます。その声《こえ》で歌声《うたごえ》がかきけされても、ペセルは心《こころ》をこめて、うたいつづけました。

すると、不思議《ふしぎ》なことがおこったのです。

応援《おうえん》の声《こえ》はだんだんやんで、いつしかコンサートの会場《かいじょう》はしずまりかえりました。だれもがペセルの歌声《うたごえ》に耳《みみ》をすまし、おだやかなほほえみをうかべていたのです。そして歌《うた》がおわると、いままできいたこともないほどの拍手《はくしゅ》が、ペセルをつつみこんだのでした。

14

ご用《よう》があるのはだれ？

その夜《よる》のこと。

夕食《ゆうしょく》のあと、ココアをつくりながら、コットンがぽつりといいました。

「ペセルさまのサインをいただけなかったことが、ざんねんでございます」

でも、シルクからなんの返事《へんじ》もありません。シルクは、すっかりかんがえこんでいたのです。

「この店《みせ》にかけてある『ご用《よう》のある人《ひと》がご用《よう》のあるときにだけ、たどり

つける魔法《まほう》』はいったい、どうなっているのかしら？
わたしがいないときに、おきゃくさまがやってくるなんて……」
すると、コットンがすこしかんがえてから、こうこたえました。
「ペセルさまも、たしかにご用《よう》がございましたが、ナナさまの方《ほう》がペセルさまにご用《よう》があったのかもしれません。ナナさまは、おさないほうに『じょうずになる近道《ちかみち》』がないことを、ペセ

ルさまのリフォームで知《し》ったのでございますから」

そうきくと、シルクもしずかにうなずきます。

「そうかもしれないわね。今回《こんかい》はナナの方《ほう》が『ご用《よう》のある人《ひと》』だったというわけね」

そして、こうかんがえました。

この店《みせ》にかかっている魔法《まほう》が、ナナにひつようなおきゃくさまをつれてきたのなら、いままでの自分《じぶん》にも、そんなおきゃくさまが、いたのかもしれない……。

（それは、だれだったのかしら？）

シルクは、いままでお直《なお》しの注文《ちゅうもん》をうけたおきゃくさまを、ひとりひとりおもいだそうとしました。すると、ココアを手《て》わたしながら、コットンがこういったのです。

「自分《じぶん》がその人《ひと》をたすけているつもりでも、じつは自分《じぶん》の方《ほう》がたすけられていた、ということは、よくあることでございましょう」

それから、こうもいいました。

「ペセルさまは、お直《なお》しのお礼《れい》にサインをおくってくださったりしないでしょうか？　シルクさま」

シルクはすっかりあきれた顔《かお》で、肩《かた》をすくめます。

「さあ、どうかしら。でも、あきらめないことが、かんじんなんじゃなくって？　コットン」

「そうでございました。シルクさま。そうそう、ごしんせきの魔女《まじょ》さまがたは、お元気《げんき》でしたか？」

そうきかれると、シルクはうんざりした顔《かお》をしました。

「じゅうぶんすぎるほど元気《げんき》よ。スピカおばさんったらね……」

シルクとコットンの話《はなし》は、まだまだつづくようです。

そのあいだも甘《あま》いココアの香《かお》りがリフォーム支店《してん》いっぱいに、ふんわりとひろがっていくのでした。

ファッション Tea Room

手《て》ぬいにチャレンジ

4つのぬい方《かた》

本返《ほんがえ》しぬい

いちばんじょうぶなぬい方《かた》。
ひとはりごとに前《まえ》のぬい目《め》ぎりぎりまでもどってぬいます。

並《なみ》 ぬ い

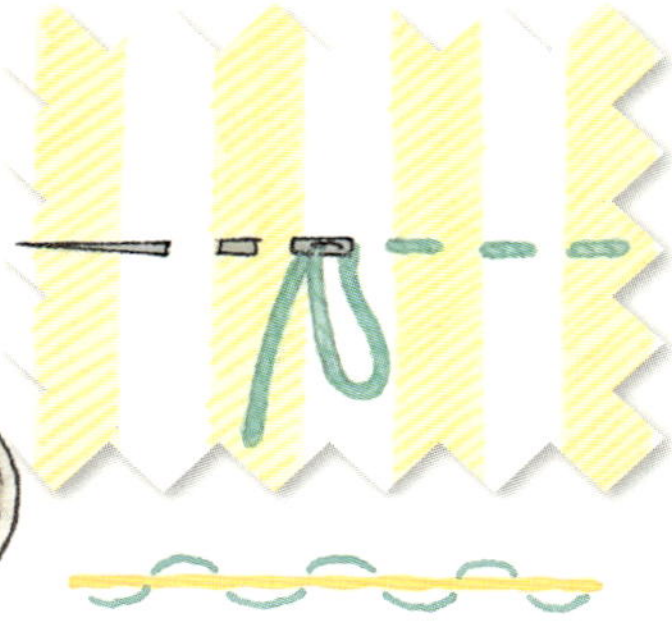

手《て》ぬいのきほんのぬい方《かた》。
ぬい目《め》は5ミリくらいで仕上《しあ》げましょう。

まつりぬい

すそや布《ぬの》のはしをぬうときのぬい方《かた》。
表側《おもてがわ》を小《ちい》さくすくいながら、おりあげた布《ぬの》をぬいとめます。

半返《はんがえ》しぬい

ひとはりごとに前《まえ》のぬい目《め》との半分《はんぶん》までもどり、ぬっていきます。
やわらかい布《ぬの》をぬうのにむいています。

あんびるやすこ

群馬県生まれ。東海大学文学部日本文学科卒業。テレビアニメーションの美術設定を担当。その後、玩具の企画デザインの仕事に携わり、絵本、児童書の創作活動に入る。主な作品に、『せかいいちおいしいレストラン』「こじまのもり」シリーズ（共にひさかたチャイルド）「魔法の庭ものがたり」シリーズ（ポプラ社）『妖精の家具、おつくりします。』『妖精のぼうし、おゆずりします。』（PHP研究所）「なんでも魔女商会」「ルルとララ」「アンティークFUGA」シリーズ（いずれも岩崎書店）などがある。

ホームページ：http://www.ambiru-yasuko.com/

お手紙お待ちしてます！
いただいたお手紙は作者におわたしいたします。
〒112-0005 東京都文京区水道 1-9-2
（株）岩崎書店「なんでも魔女商会」係

おはなしガーデン47
なんでも魔女商会22
リフォーム支店本日休業

二〇一五年三月三十一日　第一刷発行

著　者　あんびるやすこ
発行者　岩崎弘明
発行所　株式会社岩崎書店
〒一一二―〇〇〇五
東京都文京区水道一―九―二
電話　〇三―三八一二―九一三一（営業）
〇三―三八一三―五五二六（編集）
振替　〇〇一七〇―五―九六八二二
印　刷　株式会社精興社
製　本　株式会社若林製本工場

NDC913　ISBN978-4-265-05497-8

ご感想ご意見をお寄せ下さい。
Email: hiroba@iwasakishoten.co.jp
岩崎書店ホームページ　http://www.iwasakishoten.co.jp